Andreas Andresen

Nicolaus Poussin

Andreas Andresen

Nicolaus Poussin

ISBN/EAN: 9783743380332

Hergestellt in Europa, USA, Kanada, Australien, Japan

Cover: Foto ©Raphael Reischuk / pixelio.de

Manufactured and distributed by brebook publishing software (www.brebook.com)

Andreas Andresen

Nicolaus Poussin

NICOLAUS POUSSIN.

VERZEICHNISS

DER NACH SEINEN GEMÄLDEN GEFERTIGTEN

GLEICHZEITIGEN UND SPÄTEREN

KUPFERSTICHE
ETC.

BESCHRIEBEN

VON

DR. A. ANDRESEN.

LEIPZIG,
RUDOLPH WEIGEL.
1863.

Es sind in neuerer Zeit treffliche Schriften über das Leben und die Werke dieses Fürsten der französischen Maler erschienen, seine Lebensverhältnisse sind nach allen Seiten hin beleuchtet, seine Hauptgemälde geschildert, sein Styl umfassend kritisch gewürdigt — auf eine genaue und vollständige Aufzählung und Beschreibung aller nach seinen Gemälden und Zeichnungen erschienenen Kupferstiche haben sich diese Schriften jedoch nicht eingelassen. Und doch ist das Eine so nöthig wie das Andere, denn Poussin's Ruhm und Kenntniss in weiteren Kreisen ist zum Theil auf die chalcographischen Nachbildungen gegründet, deren Verbreitung über alle Länder und Gegenden, unter alle Klassen der menschlichen Gesellschaft möglich ist, was bei seinen Gemälden nicht der Fall ist. Indem wir daher in Folgendem einen räsonnirenden Katalog der nach Poussin erschienenen Kupferstiche bringen, glauben wir unsererseits, nicht blos eine Lücke auszufüllen, sondern auch zum Verständniss dieses grossen Meisters ein Wesentliches beizutragen. Dieses gilt namentlich für Deutschland, wo seine Werke weit weniger geschätzt und bewundert sind als in Frankreich und England, aber wohl nur aus dem einfachen Grunde, weil die deutschen Gallerien verhältnissmässig arm an Gemälden von ihm sind.

Auf eine Schilderung des Lebens, eine kritische Untersuchung des Styls dieses Meisters, auf seine Einwirkungen auf die neuere, durch Carstens begründete Entwicklung der deutschen Malerei können wir hier nicht näher eingehen, es würde zu Resultaten führen, welche die Grenzen des Archivs weit überschreiten. Wir verweisen hier auf Poussin's eigene, herrliche und belehrungsreiche Briefe, von welchen in Paris eben jetzt eine neue kritische Ausgabe vorbereitet wird, auf H. Bouchitté's treffliches Buch: Le Poussin sa Vie et son Oeuvre, Paris 1858, auf das ältere Buch: Vie de Nicolas Poussin, von P. M. Gault de Saint-Germain. Paris 1806.

Die grosse reiche Sammlung, welche wir unserem Katalog zu Grunde gelegt haben, ist im Besitz Hrn. Rud. Weigel's in Leipzig, sie stammt aus dem Nachlass des bekannten, 1823 zu London gestorbenen Bildhauers Jos. Nollekens, dessen Leben von J. T. Smith in zwei Bänden beschrieben worden ist. Fast alle Hauptblätter, nebst einer grossen Anzahl älterer untergeordneter Blätter, so wie fast alle neueren Stiche sind in derselben enthalten. Wir haben dieselben im Katalog durch Sterne ausgezeichnet.

Was zunächst die Anlage des Katalogs betrifft, so haben wir bei der Anordnung der Gegenstände den bisher üblichen Gebrauch eingehalten, zuerst die Bildnisse des Meisters, dann die von ihm gemalten Portraits, darauf die biblischen, heiligen und christlich-allegorischen Darstellungen, dann die historischen, mythologischen und fabelhaften Vorstellungen, endlich die Landschaften und hinter diesen die Zeichnenbücher. Wir haben uns dabei im Wesentlichen an John Smith's vorzügliches Werk: A Catalogue raisonné of the Works of the most eminent Dutch, Flemish and French Painters, London 1837, angelehnt, müssen aber leider bemerken, dass die in diesem Werke genannten Künstlernamen sehr oft falsch und unrichtig geschrieben sind.

Wer unser Verzeichniss durchblättert, wird über Dürftigkeit des Stoffes nicht klagen können. Die Hauptblätter sind alle darin und fast alle haben wir mit eigenen Augen gesehen. Kein Meister hat wie Poussin das Glück gehabt, dass fast alle seine Compositionen gestochen worden sind. Gross ist ferner die Anzahl der Copien und geringeren chalcographischen Nachbildungen untergeordneter, weniger bekannter Kupferstecher. Wir haben diesen, wie auf der Hand liegt, nicht dieselbe Aufmerksamkeit geschenkt wie den Hauptblättern, aber doch geglaubt, sie nicht mit Stillschweigen übergehen zu dürfen. Auch diese haben wir zu einem grossen Theil mit eigenen Augen gesehen, wo nicht, uns an bewährte Quellen, wie Zani und andere Werke gehalten. Und mögen uns auch von diesen noch manche Stücke fehlen, so wird man uns doch diese Lücken nicht schwer entgelten lassen, da ja diese Blätter nicht gesucht und geschätzt — und daher oft schwer zu finden sind — und zum vollen und wahren Verständniss des Meisters wenig beitragen. Ausgeschlossen haben wir, mit wenig Ausnahmen, mit Fleiss zwei Kategorien von Kupferstichen, zuerst die Handzeichnungsimitationen, da diese in dem nächstens erscheinenden umfassenden Katalog der Handzeichnungsimitationen der grössten Meister aller Schulen von Rud. Weigel einen besseren und angemesseneren Platz finden, und dann jene chalcographischen Nachbildungen, welche in Galleriewerken und Büchern vorkommen. Eine Einreihung der in letzteren enthaltenen Abbildungen in unseren Katalog würde denselben zu einer unförmlichen Dicke anschwellen lassen, ohne wesentliche neue und wichtige Resultate zu erzielen. Auch sind

diese Blätter zum Theil wenig ausgeführte Umrissstiche, zum Theil geringe handwerksmässige Hervorbringungen und endlich wäre es ihrer Bestimmung zuwider, sie einzeln aufzuführen und einzuschalten, da sie ja zum grössten Theil nicht für den Einzeldruck bestimmt sind. Neue durch andere Stiche nicht bekannte Compositionen finden sich überdies nicht viel unter ihnen, auch sind manche von diesen neuen sehr zweifelhaft, manche sicher von J. Stella und anderen Nachahmern des Poussin.
Es ist durch den Gegenstand bedingt, dass der Katalog nicht nach den Stechern, sondern nach den Compositionen geordnet ist, die Composition steht in erster Instanz, der Stich erst in zweiter. Wir haben aus diesem Grunde auch angezeigt, vorzugsweise nach Smith's Angaben, wo sich die Gemälde gegenwärtig befinden und für welche Personen sie ursprünglich gemalt wurden. — Die Beschreibung der Compositionen ist jedoch nicht nach den Gemälden, sondern nach den Stichen genommen und zwar nach den Hauptblättern. — Wir haben es endlich für nöthig erachtet, auch den Abdrucksgattungen der Stiche, welche so wesentlich nothwendig zur Vergegenwärtigung der Gemälde sind, unsere Aufmerksamkeit zu schenken und haben diese, wenn nicht alle, doch in reicher Anzahl angeben können.

Unter den Schriften über Poussin haben selbstverständlich diejenigen, welche vorzugsweise über seine Werke mit Betonung der chalcographischen Nachbildungen handeln, für uns das meiste Interesse gehabt; wir nennen von diesen folgende:
Cabinet des Singularitez d'Architecture, Peinture, Sculpture et Gravure, par Flor. Le Comte. 3 Bände. Brüssel 1702.
Mémoires sur la vie de Nic. Poussin, par Maria Graham. Paris 1821.
Vie de Nicolas Poussin par P. M. Gault de Saint-Germain. Paris 1806.
Collection de Lettres de Nicolas Poussin. Paris 1824.
A Catalogue raisonné of the Works of the most eminent Dutch, Flemish and French Painters, by John Smith. London 1837.
Le Poussin, sa Vie et son Oeuvre, par H. Bouchitté. Paris 1858.
Histoire des Peintres de toutes les Ecoles depuis la Renaissance jusqu'à nos Jours, par Charles Blanc. Paris. Vorzugsweise wichtig durch die Zusammenstellung der Gallerien, in welchen Gemälde von Poussin hängen.
Le Peintre-Graveur Français, par A. P. F. Robert-Dumenil und dessen Fortsetzung von Prosp. de Baudicour.
Manuel de l'Amateur d'Estampes, par Ch. Le Blanc. Paris 1854.

Enciclopedia metodica critico-ragionata delle belle Arti, dell'
Abate D. Pietro Zani. Parma 1817—22.
In der Revue universelle des Arts von Paul Lacroix,
Jahrgang 1858, findet sich ein trefflicher Aufsatz von Georges
Duplessis: Comment les graveur sont interprété les oeuvres de
Nicolas Poussin.
Teutsche Academic der Bau-, Bild- und Mahlerey-Künste, von
Joach. v. Sandrart. Nürnberg 1675. 2 Bde.
Unter den Kupferstich-Katalogen, die sich vorzüglich durch
ein reiches Werk des Poussin auszeichnen, heben wir hervor:
Cabinet de M. Paignon Dijonval. Redigé par M. Bénard.
Paris 1810.
Catalogue raisonné du Cabinet d'Estampes de feu Monsieur
Winckler à Leipzig. Die französische Schule bearbeitet durch
J. G. Stimmel, 1810.
Catalogue raisonné des Estampes du Cabinet de feu Madame
la Comtesse d'Einsiedel, par J. G. A. Frenzel. Dresden 1833.
Katalog der Otto'schen Kupferstichsammlung. Leipzig 1851.
Endlich das von Heinecken hinterlassene, auf der Königl.
Bibliothek zu Dresden aufbewahrte, sehr wichtige Manuscript
zum Dictionnaire des Artistes, von welchem leider bekanntlich nur die ersten vier Bände erschienen sind.
Unter den Werken, welche chalcographische Nachbildungen
nach Poussin'schen Compositionen enthalten, nennen wir:
Vies et Oeuvres des Peintres les plus celèbres de toutes
les Ecoles. Reduit et gravé au Trait. Publié par C. P. Landon.
Paris. 2 Bände enthalten das Werk von Poussin mit dessen
Portrait an der Spitze; es sind im Ganzen 119 Platten, radirt
in Umrissen von Mdme. Soyer, El. Lingée, Wolffsheimer,
Dague, T. Smith, Dubois, Foin, Le Bas, C. Normand,
J. Ramboz. Es finden sich manche Compositionen darunter,
die sonst nicht durch den Stich bekannt sind, aber auch einige
zweifelhafte.
Vie de Nicolas de Poussin, par P. M. Gault de Saint-Germain. Paris 1806. Mit dem Portrait an der Spitze und 31 Kupfern, einige, nach Handzeichnungen, von Massard.
Selbstverständlich finden sich in den zahlreichen Galleriewerken ebenfalls Nachbildungen Poussin'scher Gemälde, die hier
einzeln zu nennen oder zu beschreiben, zu weit führen würde.
Im nächstens erscheinenden zweiten Heft der neuen englischen Kunstzeitschrift: The fine Arts, wird ein Katalog der
Handzeichnungen Poussin's, welche sich im Kgl. Cabinet zu
Windsor befinden, erscheinen.

Bildnisse des Poussin.

I. Halbe Figur, nach links gewendet, in seinen Mantel gehüllt; er hält in der Rechten eine Reissfeder und stützt die Linke auf ein Buch mit der Aufschrift am Rücken: DE LVMINE ET COLORE. Zu den Seiten einer hinter seinem Kopf befindlichen Steinplatte mit seinem Namen stehen zwei Genien, welche eine Guirlande tragen. Im Unterrand eine lateinische Dedication an Mr. Cerisier, für den Poussin das Bildniss malte, vom Stecher J. Pesne.
H. 11″ 11‴, Br. 8″ 11‴. Robert-Dumenil P. Gr. Fr. J. Pesne No. 6.
*) I. Vor Audran's Adresse, nur mit den Worten: cum Priuil Regis rechts unter dem Bilde. II. Mit Audran's Adresse.
II. Im Louvre. Gemalt für Mr. de Chantelou. Halbe Figur, nach links, in seinem Atelier, die Linke auf eine zugebundene Rolle Papier stützend. Links in halber Höhe an einer eingerahmten Leinwand liest man: EFFIGIES NICOLAI POVSSINI ANDELYENSIS PICTORIS ANNO AETATIS 56 — — — 1650. Im Unterrand eine lateinische Dedication an Mr. de Chantelou vom Verfertiger J. Pesne.
H. 10″ 9‴, Br. 8″ 1‴. Rob. Dum. J. Pesne No. 1.
I. Vor aller Schrift. II. Mit der Schrift; der Name Chantelou in der Dedication ist mit einem kleinen c geschrieben. *III. Mit der Correctur dieses Worts und einigen anderen Berichtigungen in der Schrift. IV. Mit Le Blond's Adresse.
III. Dasselbe Bildniss, von der Gegenseite. C. G. Lewis sculp.
H. 6″ 1‴, Br. 4″ 5‴. In Smith's zuvor angezeigtem Catalogue raisonné.
*IV. Dasselbe, ebenfalls von der Gegenseite. Gestochen von L. J. Cathelin.
H. 10″ 6‴, Br. 8″ 3‴.
*V. Dasselbe, gleichfalls von der Gegenseite. Im Unterrand: NICOLAS POUSSIN. Peint par lui même. Unter dem Bildniss links: Baltard del. et Aqua forti. Voyez soulp.
H. 9″ 4‴, Br. 4″ 3‴.
Der uns vorliegende Abdruck hat unausgefüllte Schrift.
VI. Dasselbe Bild, ebenfalls von der Gegenseite. In der Mitte des Unterrands: N. POUSSIN. XVIIE SIÈCLE tiefer

---

*) Die mit einem Stern bezeichneten Blätter und Abdrücke befinden sich in der R. Weigel'schen Sammlung.

unten Henri Laurent's Adresse. Links unter dem Bild: Point
par N. Poussin 1650. rechts: Gravé par F. Lignon 1824.
H. 13" 1''', Br. 10" 1'''.
   I. Vor der Schrift. II. Mit unausgefüllter Schrift. *III. Mit ausgefüllter Schrift.
*VII. Dasselbe Bild, ebenfalls von der Gegenseite. In
der Mitte des Unterrandes: N. POUSSIN. links etwas tiefer
die Adresse von Vignères, links unter dem Bilde: N. Poussin
pinx. rechts: E. Perrot sculp.
H. 7" 3''', Br. 6" 1'''.
   I. Vor der Schrift. II. Mit derselben.
*VIII. Dasselbe Bild, gleichfalls von der Gegenseite, ver-
kleinert und mit einigen Abänderungen. Oben Guirlanden, welche
auf den Seiten herabhängen. An der Papierrolle steht eine In-
schrift. Rechts unten: A. Clou (Clouvet) sculp. und in der
Mitte unter dem Bilde Odieuvre's Adresse.
H. 5" 8''', Br. 4" 5'''.
*IX. Dasselbe Bild, ebenfalls nach rechts, aber nur Brust-
bild, ohne die Papierrolle und mit leerem, dunklem Grund.
Im Unterrand: N. POUSSIN. D' Après le Tableau du
Musée Royal, tiefer unten Ch. Potrelle's Adresse, links
unter dem Bilde: N? Poussin pinx.' rechts: J. L. Potrelle
Del¦ et Sculp.'
H. 7" 11''', Br. 6".
   X. Halbe Figur, nach links, das Gesicht gegen vorne wen-
dend, in seinem Atelier, die Linke auf ein Buch legend; im
Grunde oben Bücher und eine nur zum Theil sichtbare Statuette.
Aehnlich dem Portrait No. 1. Ohne Schrift. Dem J. Pesne
zugeschrieben, aber wahrscheinlich, ja ziemlich sicher nicht
von ihm.
H. 8" 11''', Br. 7" 4'''. Rob. Dum. J. Pesne app. No. 1.
   I. Beschrieben. In Perrault's Grands Hommes. *II. Verkleinert, das Bild-
niss in einen ovalen Rahmen gefasst. Unten in der Mitte am Sockel: Nicolas
Poussin Peintre. H. 9" 2''', Br. 6" 6'''. III. Rechts auf dem Sockel:
Gravé par Edelinguo.
*XI. Halbe Figur, nach links, der Kopf in Profil, in Mantel,
die rechte Hand auf eine Platte stützend. Radirtes Blatt. Im
Unterrand: NICOLAVS POVSSIN PICTOR links: V. E. (Elle)
pinxit. L. Ferdinand fecit rechts: P. Ferdinand excu-
dit, Cum priuilegio Reg.
H. 9''', Br. 7" 4'''.
*XII. Dasselbe Bild. Im Unterrand: N. POUSSIN links unter
dem Bildniss: se ipsum p: 1640. rechts: A. H. Riedel f.
1810. 8°.
*XIII. Dasselbe Bild, von der Gegenseite und verkleinert;
nur Brustbild und ohne die Platte. Radirt. In der Mitte des
Unterrandes: N. POUSSIN. rechts: Marie Ellenrieder fet:
H. 5" 6''', Br. 4" 5'''.

*XIV. Dasselbe, von der Gegenseite. Radirt von Worlidge.
P. 5" 2''', Br. 3" 6'''.

*XV. Brustbild, nach links, in ovalem Rahmen. Unten am Sockel: NICOLAS POUSSIN Peintre du Roi. — — — links auf dem Sockel: Se ipsum Pinx. aetatis suae an. 40. rechts: N. Dupuis sculp. Im Unterrand Odieuvre's Adresse.
H. 5" 1''', Br. 3" 7'''.

*XVI. Gall. des Marquis v. Bute, zuvor in der Gall. des Baron Mann. Halbe Figur, in Profil, nach rechts, das Gesicht aber gegen den Beschauer wendend, in geblümtem Obergewande, mit der Rechten ein gerolltes Papier haltend. ˋRadirung des Th. Patch. Im Unterrande: Il Ritratto di Niccolò Poufsin — — — und rechts unten das Zeichen des Patch mit der Jahreszahl 1769.
H. 7" 7''', Br. 6".

Alle jene Bildnisse aufzuführen, welche noch in Büchern und Sammelwerken vorkommen, liegt ausser dem Zweck dieser Blätter; es sind auch meist geringe Copien von keinem weiteren künstlerischen Werth. Ueber diese vergleiche die Künstlerportraitsammlung in der 27. Abtheilung des Rud. Weigel'schen Kunstkatalogs.

Blätter nach Poussin.

Bildnisse.

*1) Cardinal Julius Rospigliosi.

Brustbild, nach rechts, in ovalem Rahmen mit der Umschrift: EMINENTISSIMVS IVLIVS CARDINALIS ROSPIGLIOSIVS. Unten das Wappen und an einem am Sockel befestigten Tuch die Aufschrift: Aspicis vt Sanctos — — — Links auf dem Sockel: N. Pouffin, Pinxit Romae, rechts: N. Bonnart, sculp. 1666.
H. 12" 1''', Br. 8" 10'''.

*2) Papst Clemens IX.

Der Vorige, anders. Brustbild, nach rechts gewendet, in ovalem Rahmen mit der Umschrift: CLEMENS NONVS PONTIFEX MAXIMVS. Unten das Wappen und ein am Sockel befestigtes Tuch mit der Aufschrift: Non te purpurei Romae — — — Links auf dem Sockel: N. Pouffin effig. pinxit Romae. rechts: N. Bonnart, sculp 1667, auec privilege. Mit der Adresse des Stechers.
H. 12" 2''', Br. 8" 11'''.

Altes Testament.

Das Paradies.

Von Jean Audran gestochen. Das Blatt gehört in die von Audran und Pesne gestochene Folge der vier Jahreszeiten. Siehe hinten die Landschaften.

3) Die Sündfluth.

Im Louvre. Für Cardinal Richelieu gemalt.

Das Wasser strömt in Masse vom finsteren Himmel hernieder, durch welchen ein Blitzstrahl fährt, und bedeckt bereits die Thäler und Ebenen der Erde; die wenigen vom Künstler angebrachten, Rettung suchenden Figuren deuten gleichsam an, dass die Composition eine der letzten Anstrengungen einer unter-

gehenden Welt vorstellen solle. Auf den Seiten des Blatts gewahren wir zwei Felspartien und dazwischen einen Wasserfall, den ein Kahn mit zwei Männern, von welchen der eine die Arme zum Himmel emporstreckt, herabstürzt; ein zweiter Kahn ist links im Vordergrunde, eine Mutter in demselben reicht ihr Kind ihrem, auf einen Felsblock gekletterten Gatten hinauf; etwas weiter vorne kämpft ein Mann, auf einem Brett schwimmend, mit dem Wasser, ein zweiter hält sich an dem Kopf eines untersinkenden Pferdes fest. In der Mitte des Unterrandes: LE DÉLUGE. Gravé par P. Laurent — — — links unter der Vorstellung: Nicolas Poussin pinx., rechts: P^{re} Laurent sculps. 1802 unten im Unterrand links: Se vend à Paris, chez l'Auteur — — — in der Mitte: Dien Scripsit rechts: Deposé à la Bibliotheque Nationale, le 22 Nivose. An X.
H. 15" 10''', Br. 21" 7'''.
I. Vor der Schrift. II. Mit unvollendeter Schrift. *III. Mit vollendeter Schrift.

Dieselbe Darstellung.

Von J. Audran gestochen; nicht als Sündfluth, sondern als HIEMS (Winter) bezeichnet. Das Blatt gehört in die nach Poussin von Audran und Pesne gestochene Folge der vier Jahreszeiten. Siehe hinten die Landschaften.

*4) Dieselbe Darstellung.

Von der Gegenseite, so dass der vorne befindliche Kahn hier rechts ist. Im Unterrand links: Peint par Nicolas Pouſsin, rechts: Gravé par Eichler in der Mitte: Defsiné par Marchais. und hierunter der Titel: LE DÉLUGE.
H. 9" 6''', Br. 12" 11'''.
Die Abdrücke wie bei dem Blatt des P. Laurent.

Poussin entwarf mehrere Skizzen dieser Composition, die mannigfach von dem vollendeten Gemälde abweichen, zwei von diesen sind nach Smith in der Sammlung des Cardinals Fesch, eine in Rom im Besitz eines Edelmanns. Vielleicht ist letztere das Gemälde, welches folgendem, von Zani genannten Kupferstich des D. Cunego zu Grunde liegt.

5) Derselbe Gegenstand, anders.

Ein Mann, vorne, rettet seine halbtodte Frau und einen Knaben aus dem Wasser auf einen Felsen. Andere klagende, die Augen gen Himmel richtende Figuren befinden sich auf der Höhe eines Felsens und im Grund gewahrt man noch zwölf Figuren und ein untertauchendes Pferd. 1796 nach einem Gemälde in der Sammlung des Grafen Rita zu Rom von Dom. Cunego gestochen. Künstlernamen, Titel und Dedication an Graf Cam. Mariscotto im Unterrand.
H. 18" 3''', Br. 21". Zani.

*6) Noahs Opfer.

Gall. des W. Egerton, früher in der Gall. Corsini zu Rom.
Um den gegen links befindlichen Altar stehen und knieen acht Personen beiderlei Geschlechts. Noah steht in der Mitte zur Rechten des Altars. Oben links Gott Vater. Im Unterrand eine Dedication an Cardinal Corsini: Emm. et Revm. Princ. — — — links darunter: Ex Tabula Clss. Nic. Poussini in Aedibus eiusd. Emi Dni. rechts: I Frey del. et incidit Romae 1746.
H. 15", Br. 20" 8'''.

7) Dieselbe Darstellung.

Mit Gantrel's Adresse. Gr. qu. fol.

8) Dieselbe Darstellung.

Im Unterrand: AEDIFICAVIT AVTEM NOË ALTARE DOMINO; — — — links: Nicolaus Poussin pinxit in der Mitte: Stephanus Tofanelli delin rechts: Joannes Volpato sculp. et vendit Romae.
H. 17", Br. 21" 8'''.
I. Vor der Schrift. II. Mit unausgefüllter Schrift (Lettre grise). III. Mit vollendeter Schrift.

9. Dieselbe Darstellung.

Von Phil. Walther zu Nürnberg 1840. Copie nach Volpato in Stahlstich.
H. 5" 9'", Br. 7" 9'''.
*I. Vor der Schrift, nur mit gerissenen Künstlernamen. II. Mit der Schrift.

*10) Derselbe Gegenstand, anders.

Um den Altar sind ebenfalls acht Personen versammelt, aber Noah steht hier links und zur Linken des Altars. Oben gegen die Mitte Gott Vater von Engeln getragen. Links im Grunde zwei Bäume. Unten in der Mitte: N. Pouffin Pinx L. Cossin fculp.
H. 20", Br. 26" 9'''.

*11) Derselbe Gegenstand, anders.

Um den links befindlichen Altar knieen und stehen ebenfalls acht Personen und Noah zur Linken des Altars. Oben rechts Gott Vater mit fünf Engelchen. Links ein Gebäude. In Schwarzkunst. Im Unterrand: Le Sacrifice de Noë — — — links: N. Poussin pinx¹. rechts: E. Liepmann fc.
H. 19", Br. 25" 1'''.
I. Vor der Schrift. *II. Mit unausgefüllter, gerissener Schrift. III. Mit vollendeter Schrift.

12) Rebecca und Eliezar am Brunnen.

Im Louvre. Für Mr. Pointel gemalt. Beide stehen gegen die Mitte vorne vor dem gemauerten, cisternenartigen Brunnen und Eliezar zeigt Rebecca einen Ring. Rechts drei Freundinnen der Rebecca, links neun andere junge Mädchen mit Wasserkrügen. Im Unterrand: Rebecca vient puiser de l'eau — — — Rebecca descendit ad fontem, — — — links: N. Poussin Pinx. rechts: Aeg. Rousselot fculp. 1677.
H. 14" 6'''. Br. 23" 5'''. Im Cab. du Roy.
*I. Vor aller Schrift. *II. Mit der Schrift.

13) Dieselbe Darstellung.

Mit der Adresse: Chez Audran. Qu. fol. Heinecken.

14) Dieselbe Darstellung.

Im Unterrand: Le Serviteur d'Abraham ayant reçû à boire — — — links: N. Poussin pinxit rechts: Chereau ex. Mit Franz Chereau's Adresse.
H. 10" 3''', Br. 12" 11'''.

15) Dieselbe Darstellung.

Im Unterrand: Rebecca vient — — — links: Nic. Poussin pinx. rechts: A Paris chez J. Mariette.
H. 14" 6''', Br. 23" 5'''.

*16) Dieselbe Darstellung.

Im Unterrand: Eliezer et Rebecca. ELIEZER, Serviteur d'ABRAHAM, alloit en Mésopotamie, — — — links: N. Poufsin Pinxit. rechts: Aug. Boucher Desnoyers Del. et fculp!
H. 14" 10''', Br. 24" 1'''.
I. Vor der Schrift. *II. Mit der Schrift.

17) Dieselbe Darstellung.

Von der Gegenseite. Aus der Schule des B. Picart und mit der Adresse desselben. Im Unterrand: Le Serviteur — —
H. 16", Br. 22". Zani.

18) Dieselbe Darstellung.

Ebenfalls von der Gegenseite. Von einem anonymen Franzosen gestochen und unten auf einer Seite nur mit: Poussin pinxit bezeichnet.
H. 20" 5''', Br. 27" 5'''. Zani.

*19) Derselbe Gegenstand, anders.:

Rebecca, in der Mitte stehend, giebt Eliezar aus einem Henkelgefäss zu trinken; links vier Begleiterinnen der Rebecca, rechts Eliezars Knecht mit zwei Kameelen. In einem viereckigen Rahmen, an welchem unten links: Nicol. Poussin pinxit rechts: Lud. Cossin fculp. steht.
H. 15" (?), Br. 20" 1'''.

20) Jacob freiet um Rahel.

Composition von vier Figuren, die sich vorne in einer Landschaft, vor einem Hause, befinden, Jacob spricht mit Laban; Lea und Rahel, zur Linken des Vaters stehend, fassen sich an der Hand. Im Unterrand: Jacob se plaint à Laban — — — Mit J. Mariette's Adresse.
H. 15" 4''', Br. 20" 6'''. Zani.

21) Dieselbe Darstellung.

Mit Trouvain's Adresse. Gr. qu. fol.

22) Die Aussetzung Mosis.

Gall. des Earl Temple. Für Ant. Stella gemalt.

Die Mutter, in der Mitte vorne am Wasser knieend, schiebt den Korb, worin das Kind liegt, mit der Rechten leise fort, der Vater, von einem nackten Knaben begleitet, schreitet schmerzvoll bewegt, nach der Rechten. Im Mittelgrunde eine Stadt mit vielen Prachtgebäuden. Im Unterrand: Moyses infantulus in Careto — — — links: N. pouffin pinxit ex musaeo Ant[1] Stella parisijs, rechts: Claudia Stella fculp. et excud. cum PriuiL Regis 1672. 2 Bll.
H. 19" 10''', Br. 27" 5'''.
*I. Mit der Adresse der Künstlerin, wie beschrieben. II. Mit anderer Adresse.

23) Dieselbe Darstellung.

Copie des vorigen Blattes, wahrscheinlich von Jean Audran. Mit der Adresse: A Paris chez Audran rue S^t. Jacques — — —
H. 9" 8''', Br. 13" 2'''.

24) Dieselbe Darstellung.

Mit der Adresse: G. Chasteau ex. cum Pri. Re. und der Unterschrift: Moise nourri en secret trois mois durant, — —
H. 13" 11''', Br. 19" 1'''. Zani.

*25) **Dieselbe Darstellnng.**

Gegenseitige Copie. Unten im Wasser gegen links: Poussin pinx rechts: a Paris chez Hecquet Place de Cambray a limage S'Mor. Geringes, sogenanntes Thesenblatt mit unten beigedruckten Thesen in lateinischer und griechischer Sprache, in 4 Columnen.
H. 13" 1''', Br. 17" 11'''.

*26) **Derselbe Gegenstand, anders.**

Gall. in Dresden.

Der Vater, der sich rechts auf das eine Knie niedergelassen hat, setzt das den einen Arm emporstreckende Kind in einem Korbe auf das Wasser; rechts hinter ihm die Mutter, in der Mitte eine Freundin. Links vorne ruht, vom Rücken gesehen, der Nilgott. Schwarzkunst. Im Unterrand: DIE AUSSETZUNG MOISES. Seiner Durchlaucht Peter Friderich Ludwig Furst Bischof zu Lubeck —. — — links: N. Poussin pinx. rechts: F. Michelis f.
H. 15" 8''', Br. 20" 5'''.

27) **Die Findung Mosis.**

Im Louvre.

Composition von zehn Figuren, der Königstochter und neun Begleiterinnen im Vorgrund einer Landschaft; zwei von den letzteren, in der Mitte, halten den Korb mit dem Kinde, welches eine dritte, diesen gegenüber knieend, aus dem Korbe nimmt. Die Mädchen sind alle voll grosser Freude, während die Königstochter eine ruhigere Haltung zeigt und mit Würde ihre Befehle ertheilt. Im Unterrand eine dreizeilige Dedication an C. Lebrun mit dessen Wappen in der Mitte: Illuftrissimo Viro D. Carolo Le Brun Equiti — — — links: N. Poussin pinx. rechts: A. Loir fculp.
H. 17" 3''', Br. 25" 6'''.
* I. Vor P. Mariette's Adresse. II. Mit derselben.

28) **Dieselbe Darstellung.**

Mit der Adresse: Steph. Gantrel ex. Cu. P. R. Im Unterrand eine französische und lateinische Unterschrift: La Fille de Pharaon — — —
H. 20" 6''', Br. 26" 6'''.

*29) **Dieselbe Darstellung.**

Von der Gegenseite; das aus dem Wasser mit Beihülfe seiner Freundin aufs Ufer steigende Mädchen ist hier zur Rechten be-

findlich. Im Unterrand: Moise tiré des eaux — — —
Moises filiae — — — darunter: a Paris chez G. Audran
— — — links: N. Poussin pinxit.
H. 8" 9'", Br. 12" 11'".

30. Dieselbe Darstellung.

Copie nach dem Blatte des G. Audran. Mit Jeaurat's Adresse.
H. 9" 5'", Br. 11" 8'". Zani.

*31) Derselbe Gegenstand, anders.

Im Louvre.

Der Korb mit dem Kinde steht hier auf dem Ufer, acht Mädchen stehen und knieen um denselben und hinter ihm die von vorne gesehene Königstochter, welche ihre Befehle mit Würde ertheilt; zwei von den ersteren, auf den Knieen, nehmen das Kind aus dem Korbe. Rechts vorne ruht der Nilgott. Im Mittelgrund derselben Seite ein Kahn mit neun Aegyptiern, von welchen zwei Harpunen nach dem Kopf eines im Nil schwimmenden Nashorns werfen. Im Unterrand: Moise tiré des eaux du Nil — — Moises filiae Pharaonis — — darunter: Graué sur le tableau du Poussin — — — Rechts vorne im Erdboden des Bildes: A Egid. Rousselet fculpsit.
H. 14" 6'", Br. 22" 11'". Im Cab. du Roy.

32) Dieselbe Darstellung.

Gestochen von Simonneau. Mit Edelinck's Adresse. Gr. qu. fol.

33) Derselbe Gegenstand, anders.

Im Louvre. Gemalt für Le Nôtre.

Ein Fischer, links vorne im Begriff auf das Ufer emporzusteigen, hält den Korb mit dem Kinde, welches eine Dienerin der Königstochter aus dem Korbe nimmt. Die Königstochter lehnt ihren Arm auf die Schulter einer zweiten kleineren Dienerin. Im Hintergrund eine auf Bogen ruhende Brücke. Unten in der Mitte: J. Mariette fculp. et ex. C. P. R. Im Unterrand: Moysen e Nilo extractum, — — — links hierüber: A Paris chez Jean Mariette — — —
H. 15" 11'", Br. 21" 7'".
*I. Vor der Schrift im Unterrand. *II. Mit der Schrift.

*34) Dieselbe Darstellung.

Links im Unterrand: Poussin jnuent. Van Somer f., rechts: Malbouré ex. in aula — — — Die Worte: Malbouré ex. sind unten im Boden nochmals wiederholt.
H. 14", Br. 19" 8'".

Derselbe Gegenstand, anders.

Gestochen von Niquet, Filhol und Desnoyers. Siehe hinten die Landschaften.

35) Der kleine Moses tritt Pharao's Krone.

Gall. des Herzogs von Bedford, früher in der Orleansgallerie. Die Composition besteht aus elf Figuren, der Ort ist der Vorhof eines Palastes. Pharao sitzt fast in der Mitte, in Profil nach links gekehrt, auf einem Ruhebett und sieht mit Schrecken, dass der kleine Moses seine Krone tritt; einer seiner Räthe zückt den Dolch, um das Kind zu tödten, das jedoch eine der Dienerinnen der dem Könige links gegenübersitzenden Königstochter in Schutz nimmt. Hinter dem Rücken der letzteren stehen zwei andere Dienerinnen, hinter dem des Königs vier Räthe. Links unten: N. Poussin pinx. Stph. Baudet delin. et fculp. cum priuil. Regis. Mit lateinischer und französischer Unterschrift.

H. 18", Br. 24" 5'''.
*I. Vor der Schrift. III. Vor Chereau's Adresse.

36) Dieselbe Darstellung.

Mit H. Bonnart's Adresse.
H. 13" 4''', Br. 17" 1'''.

37) Dieselbe Darstellung.

Von der Gegenseite, so dass die Königstochter hier rechts sitzt. Im Unterrand: MOÏSE FOULANT AUX PIEDS LA COURONNE DE PHARAON. links: Peint par Nicolas Poufsin rechts: Gravé par I: Bouilliard.
H. 15" 8''', Br. 21" 10'''.
I. Vor der Schrift. II. Mit unvollendeter Schrift. *III. Mit ausgefüllter Schrift.

38) Dieselbe Darstellung.

Ebenfalls von der Gegenseite. Links unten im Boden: Poussin pinx. A Paris chez Hecquet Place Cambray a Limage S Maur. Die Unterschrift des mir vorliegenden Exemplars ist weggeschnitten.
H. 18" 10''', Br. 26" 7'''.

***39) Derselbe Gegenstand, anders.**

Im Louvre. Für den Cardinal Massimi gemalt.

Ebenfalls elf Figuren und von ähnlicher Anordnung; während man aber in der vorigen Composition vier Frauen und fünf Räthe mit Einschluss des den Dolch zückenden wahrnahm, gewahrt

man hier fünf Frauen und vier Räthe. Im Unterrand: MOÏSE
FOULANT AUX PIEDS — — links: Poussin Pinx. in der
Mitte: Molinchon Del. rechts: Bouilliard Sculp. rechts
tiefer unten: Imprimé par Ramboz.
H. 9" 4"', Br. 12" 11"'.
I. Vor der Schrift. II. Mit der Schrift.

40) Dieselbe Darstellung.

Von van Somer gestochen. Mit Malbouré's Adresse.
Qu. fol.

*41) Moses jagt die Hirten vom Brunnen.

Composition von acht Mädchen, den Töchtern Jethro's und
vier Männern, Moses und drei Hirten; erstere sind rechts vorne,
letztere links. Der Brunnen, eine gemauerte Cisterne, ist in
der Mitte. Moses hat einen Hirten zu Boden geworfen und
packt den zweiten am Gewand vor der Brust, der dritte entflieht. Die Vorstellung ist von einem viereckigen Rahmen eingeschlossen. Unten links: N. Poussin Pinxit. rechts: Trouvain sculp. et ex. — — —
H. 18" 5"', Br. 25" 2"'

*42) Dieselbe Darstellung.

Copie des vorigen Blatts von der Originalseite. Unten am Rah-
men links: N. Poussin Pinxit. rechts: A Paris chez Vallet
Graveur du Roy — —
H. 18" 5"', Br. 25" 2"'.

43) Dieselbe Darstellung.

Von der Gegenseite. Unten am Rahmen: Parisiis apud Steph.
Gantrel — Joan Langlois sculp. Titel: Raguel — —
H. 20" 11"', Br. 26" 4"'. Zani.

44) Derselbe Gegenstand, anders.

Gall. Pino in Mailand.
Die Töchter Jethro's, fünf an der Zahl, stehen links vorne,
die Hirten, vier, sind rechts; Moses, in der Mitte stehend, legt
seine Linke auf die Schulter des ihm zunächst stehenden Hirten,
während er in der Rechten einen Stock hält. Einer der Hirten
giesst mit einem Eimer Wasser in ein viereckiges Bassin. Im
Unterrand: SURREXITQUE MOYSES ET DEFENSIS — —
links: Nicolaus Poufsin inv. rechts: Petrus Anderloni
del'. et fculp'.
H. 15" 11"', Br. 23" 8"'.
I. Vor der Schrift. *II. Mit gerissener Schrift. III. Mit vollendeter Schrift.

45) Derselbe Gegenstand, anders.

Nach einer im Louvre befindlichen Zeichnung Poussin's von Peyron radirt.

Moses, links, schlägt einen Hirten, nachdem er einen andern zu Boden geworfen hat. Die Töchter Jethro's sind rechts, eine, in der Mitte, schöpft Wasser aus dem Brunnen, drei scheinen voll Schrecken über den Streit zu sein, die übrigen drei tragen oder halten Wasserkrüge. Im Grunde zwei fliehende Ziegen. Im Unterrand links: Gravé à l'eau-forte par P. Peyron Pens. du Roi rechts: d'après le dessin original de Nic. Poussin. in der Mitte unter einer Dedication an Mr. Vien der Titel: Supervenere pastores — — —
H. 170 mill., Br. 438 mill. Prosp. de Baudicour. J. F. P. Peyron, No. 8.

46) Der brennende Busch.

Mit Motiven aus Raphael's Vision des Hesekiel. Gott, mit ausgebreiteten Armen, steht in der Mitte des brennenden Busches, Rauch- oder Wolken-Massen sind über seinem Kopf, zu beiden Seiten schwebt unter seinen Armen ein Engel. Moses ist auf die Kniee gesunken. Gestochen von Br. Vernesson. Qu. fol.

*47) Aarons Stab in eine Schlange verwandelt.

Im Louvre. Für Cardinal Massimi gemalt.

Pharao sitzt rechts, hinter seinem Rücken stehen zwei Räthe; Aaron und Moses stehen links dem Monarchen gegenüber, drei Männer sind in ihrer Begleitung; ausser diesen Figuren gewahren wir noch vier, von Pharao gerufene Magior, mit Lorbeerkränzen um den Kopf. Der eine dieser Magier fasst die eine Schlange, die von der anderen, der Schlange Aaron's, gebissen wird, wie um sie von ihrer Gegnerin zu befreien. Im Unterrand: Aaron jetta sa Uerge — — — Tulit Aaron Uirgam — — — darunter in der Mitte: Se Uend A Paris — — — links dicht unter der Vorstellung: N. Poussin Inuenit et Pinxit, rechts: Franc: de Poilly sculpsit.
H. 17" 8''', Br. 24".

*48) Dieselbe Darstellung.

Links unten: N. Poussin Pinxit. Gantrel ex. C. P. Regis. Im Unterrand: Dixit Dominus ad Moysen — — — Dieu dit a Moyse et a Aaron — — —
H. 19" 5''', Br. 27".

*49) Der Durchgang durch das rothe Meer.

Gall. des Earl v. Radnor, Longford Castle. Gemalt für den Marquis de Voghera oder Marquis Amadeo del Pozzo in Turin.

Figurenreiche Composition. Das rothe Meer ist links, die Wogen schlagen über die Verfolger der Israeliten zusammen, Moses, die Rechte emporstreckend, steht links auf dem Ufer am Wasser. Die Israeliten, vorne im Blatt und im erhöhten Mittelgrund, danken Gott für den glücklichen Durchgang und schauen dem Untergang der Egyptier zu. Im Unterrand: Moyse ayant leué la main — — — Cum extendisset Moyses manum — — — Links unten im Boden: Nicolaus Poussin pinxit. Steph. Gantrel excudit via Iacobea — — —.
H. 19" 8''', Br. 27" 7'''.

50) Das Mannasammeln.

Im Louvre. Gemalt 1639 für Mr. de Chantelou.

Ausgedehnte Landschaft mit Felsmassen auf jeder Seite des Mittelgrunds und bergigem Hintergrunde; Männer, Frauen, Kinder, zum grössten Theil über den Vordergrund verstreut, sammeln das Manna vom Erdboden auf. Rechts vorne eine Mutter, die einer Frau ihre Brust reicht. Moses und Aaron stehen etwas zurück gegen die Mitte des Blatts. Im Unterrand: Le matin la terre fut couuerte — — — Mane quoque ros jacuit — — — links: N. Poussin, pinx. rechts: G. Chasteau, sculp. 1680.
H. 14" 10''', Br. 28''. Cab. du Roy.
* Die besseren Abdrücke sind mit Goyton's Namen als des Druckers.

*51) Dieselbe Darstellung.

Unten im Boden gegen die Mitte: Poussin Pinxit Gantrel C. P. Regis. Im Unterrand: Mane ros jacuit per circuitum castrorum — — — On vit le matin autour — — —
H. 20" 4''', Br. 28''.

*52) Dieselbe Darstellung.

Von der Gegenseite der beiden vorigen Blätter und radirt. Im Unterrand in der Mitte: Exemple touchant L'ORDONNANCE, zu beiden Seiten davon, links: La liaison des groupes — — — rechts: De lautre costé du tableau. — — — Ohne Künstlernamen. Rad. des H. Testelin für sein Buch: Sentimens des Peintres 1696.
H 11" 10''', Br. 16" 6'''. Rob. Dum. H. Testelin, No. 4.

Es giebt eine Copie in der deutschen Uebersetzung dieses Buches. H. 12" 1''', Br. 16" 7'''.

53) Dieselbe Darstellung.

Ebenfalls von der Gegenseite. Im Unterrand: Le matin la terre fut couverte — — — hierunter links: Pousin jn. et Pinxit rechts: a Paris chez B. Audran — — — a St. Prosper.
H. 8" 11''', Br. 19" 4'''. Die Platte existirt noch.

54) Dieselbe Darstellung.

Gleichfalls von der Gegenseite, wie auch das folgende Blatt. Mit Poilly's Adresse, lateinischer und französischer Unterschrift. 2 Blätter.
H. 27", Br. 38" 6'''. Zani.

55) Dieselbe Darstellung.

Mit J. Mariette's Adresse und dem Titel: Le Matin — — —
H. 15" 11''', Br. 22" 10'''. Zani.

56) Dieselbe Darstellung.

Gestochen von Joh. Hainzelmann. Qu.fol.

*57) Moses schlägt den Fels.

In der Eremitage zu St. Petersburg. Gemalt 1649 für J. Stella.

Moses steht links und berührt mit seinem Stabe eine mächtige Felsmasse, aus welcher das Wasser oben hervorquillt; ein junger Mann hat sich vor den übrigen Personen vorgedrängt und hält seinen Krug mit erhobenen Händen in die Nähe von Moses Stab. Links sind zwei Israeliten vor Staunen auf die Kniee gesunken. Männer und Frauen verschiedenen Alters drängen sich von der Rechten herbei, um einen Labetrunk für ihre schmachtende Zunge zu erhalten. Der Ausdruck der Affecte ist von grosser Mannigfaltigkeit und Stärke. Unten in der Mitte: N. Poussin pinxit, ex Mulaeo Anth[ij] Stella, parilijs rechts: Claudia Stella sculp. et excudit cum pri[u]il. Regis 1687.
H. 18" 6''', Br. 28".

*58) Dieselbe Darstellung.

Links unten im Boden: N. Poussin pinxit, rechts: Steph. Gantrel ex. Cu Pr. Regis. In der Mitte des Unterrands der Titel: Omnes sitientes Venite — — — links und rechts die betreffende Bibelstelle in lat. und franz. Sprache und unter

der letzteren rechts: Se Vend chez E. Gantrel Rue St. Iacque.
H. 18" 7"', Br. 25" 4"'.

59) Dieselbe Darstellung.

Punktirt. In der Mitte des Unterrands zu beiden Seiten eines Wappens: MOSES STRIKING THE ROCK. — — — links: Nicolo Poufsin Pinxit. rechts: J. B. Michel Sculpsit.
H. 16", Br. 21" 9"'.
* I. Mit unausgefüllter Schrift. II. Mit ausgefüllter Schrift.

60) Dieselbe Darstellung.

Von der entgegengesetzten Seite, so dass Moses hier rechts steht. Zwei Platten. Im Unterrand links: Les Enfans d'Ifrael ètant — — — dahinter: Qui croit en moy — — — rechts: Filii Israël caftrametati — — — in der Mitte: A Paris Chez de Poilly — — — rechts: N. Poufsin Pinxit.
H. 24" 3"', Br. 36" 3"'.

61) Dieselbe Darstellung.

Ebenfalls von der Gegenseite. Mit Audran's Adresse und lateinischer und französischer Unterschrift: Qui credit in me — — —
H. 9" 8"', Br. 13" 1"'. Zani.
In den II. Abdrücken ist die Adresse gelöscht.

62) Dieselbe Darstellung.

Copie von Kilian. In der Ferne sieht man nur drei Figuren. G. Ch. Kilian sculps. excud. Aug. Vindel.
H. 18" 10"', Br. 25" 8"'. Zani.

63) Derselbe Gegenstand, anders.

Bridgewater Gallerie. Gemalt für Mr. Gillier.

Der Fels erhebt sich hier ebenfalls links und Moses, von Aaron begleitet, berührt ihn mit seinem Stabe; Männer, Frauen und Kinder, im Vorgrunde, löschen ihren Durst. Auf der linken Seite der gegen vorne rieselnden Quelle sieht man einen Mann, zwei junge Frauen, eine alte Frau und einen pissenden Knaben. Hinter den Figuren des Vordergrundes erheben sich, paarweise zusammengestellt, sechs Bäume. Unten links: N. Poussin Pinx De Poilly ex. cum Pri. Regis in der Mitte: Ste. Baudet sculp. im Unterrand: Cumque clevasset Moyses manum — — —
H. 18", Br. 24" 9"'.

*I. Vor Poilly's Adresse, vor der Schrift im Unterrand, wo rechts: Cum Priuil. Regis steht. Mit: Ste. Baudet fculp. aqua forti in der Mitte unten. *II. Mit Poilly's Adresse, das cum Priv. Regis ist im Unterrand weggeschliffen und der Zusatz: aqua forti unter Baudet's Name ebenfalls weggekratzt. *III. Mit der Schrift im Unterrand.

*64) Dieselbe Darstellung.

Mit Steph. Gantrel's Adresse und mit lateinischer und französischer Unterschrift: Cum elevasset — — —
H. 19" 7''', Br. 25" 5'''.

65) Dieselbe Darstellung.

Copie und kleiner. Mit der Adresse: A Lion chez Cars.
Qu. fol.
Heinecken.

66) Derselbe Gegenstand, anders.

Figurenreiche Composition und weniger edel, die Mehrzahl der zu dicht zusammengedrängten Figuren ist zu loidenschaftlich erregt, und streckt schreiend ihre Arme in die Höhe. Der Fels ist rechts, Moses steht zur Linken desselben im Mittelgrund. Im Unterrand: Clarifsimo Sapientifsimoq viro D. Nicolao Cooquelin — — — links darunter: N. Poilly ex Cum Priuilegio — — — weiter gegen die Mitte: Nicolaus Poussin Inuent. et Pinxit. gegen links Spuren einer gelöschten Schrift, der Adresse von Bourlier. Radirtes Blatt ohne den Namen des Verfertigers, der kein anderer als Lepautre sein dürfte.
H. 11" 9''', Br. 10' 3'''.

*67) Die Anbetung des goldenen Kalbes.

Die Scene ereignet sich am Fusse des Berges Sinai. Das Idol steht rechts auf einem Postament und wird von ringsum knieenden und stehenden Israeliten verehrt; Moses, links, schleudert voll Grimm die Gesetzestafel zu Boden, links bei ihm und in der Mitte unten knieen Männer und Frauen, deren Ausdruck und Bewegungen Furcht und Schrecken verrathen. Ein Mann entflieht zwischen den beiden vorne knieenden Frauen gegen vorne. Oben in der Mitte auf dem Berge sehen wir Moses die Gesetzestafeln in Empfang nehmen. Ohne alle Schrift und Bezeichnung. Eine grosse Radirung, wie es scheint nur ein Versuch, aber voll Geist, Ausdruck und äusserst mannigfaltiger Bewegung. Auf der Kehrseite ist mit alter Hand geschrieben: N. Pousin invenit et ipse aqua forti sculpsit. tr. rare. Ob wir dieser Notiz Glauben schenken dürfen, wage ich nicht zu entscheiden, muss jedoch mit voller Ueberzeugung bekennen,

dass das Blatt wohl des grossen Meisters würdig wäre. Zeither gänzlich unbekannt, selbst Herrn Robert-Dumesnil.
H. 21" 3"', Br. 16" 3"'.

68) Derselbe Gegenstand, anders.

Gall. des Earl of Radnor. Gemalt für den Marquis de Voghera oder Amadeo del Pozzo in Turin.

Das Kalb, hier ein grosser Stier, steht nach rechts gekehrt auf einem Postament, um welches die abtrünnigen Israeliten tanzen. Moses kommt links vom Berge herunter und schleudert die eine Gesetztafel zur Erde, an welcher die andere schon zerbrochen liegt. Aaron steht zur Rechten des Idols, die Hand gegen dasselbe ausstreckend, während er zu den rechts befindlichen Israeliten spricht. Unten in der Mitte: N. Poussin Pinx. P. Monier del. Step. Baudet scul. weiter nach rechts: Cu priuil. Regis. Im Unterrand: Ce Tableau l'un des plus excellens — — —
H. 17" 10"', Br. 24" 5"'.
I. Vor dem Cu prtuil. Regis. *II. Mit demselben. III. Mit Le Blond's Adresse. IV. Mit Chereau's Adresse.

*69) Dieselbe Darstellung.

Links unten: A Paris chez I. F. Cars. rue S. Jacques. gegen rechts: N. Poulfin pinxit. Im Unterrand: Le peuple voyant que Moyse — — — Videns populus quod — — —
H. 18" 8"', Br. 26" 3"'.

70) Dieselbe Darstellung.

Mit französischer und lateinischer Unterschrift im Rand und der Adresse: I. Audran excud.
H. 20" 2"', Br. 26" 4"'. Zart.

*71) Dieselbe Darstellung.

Unten zur Rechten: N. Pouffin pinxit. Steph. Gantrel excu. Cu priuil. Regis. Im Unterrand: Le peuple voyant que Moyse — — — Videns populus — — —
H. 18" 7"', Br. 26".

*72) Dieselbe Darstellung.

Kleiner und von der Gegenseite. Im Unterrand: Moïse s'étant approché du camp, — — — links: N. Poussin pinx. rechts: terminé au burin par L Surugue.
H. 8" 8"', Br. 11" 10"'.

73) Dieselbe Darstellung.

Von der Gegenseite. Unten in der Mitte: Poussin pinxit — 3 Deel P. 571. Gehört in eine uns unbekannte holländische Bibel.

H. 11" 6''', Br. 18" 6'''.

74) Derselbe Gegenstand, anders.

Das Idol, hier ebenfalls als Stier abgebildet, steht links, nach rechts gekehrt, auf einem Postament, die Israeliten tanzen nicht um dasselbe, sondern opfern und beten an. Ein junger Mann, links stehend, giesst eine Flüssigkeit in ein auf einem Candelaber brennendes Feuer. Man sieht Moses im Mittelgrunde die Gesetztafeln zur Erde schleudern. Im Unterrand: Peuple fou et insensé esce— — links: N. Poussin invenit et Pinxit rechts: Iean Baptiste de Poilly fculp. et excud. tiefer unten: Se U ond a Paris rue St. Jacques — — —

H. 19" 2''', Br. 24" 10'''.

75) Dieselbe Darstellung.

Schlechte Copie in kleinem Format von dem Augsburger Kupferstecher Elias Baeck genannt Heldenmuth.

Im Katalog Einsiedel ist noch eine Anbetung, wie es scheint eine andere Composition, aufgeführt: Das Idol steht hier rechts. Grosse Vorstellung auf zwei Blättern. Mit der Unterschrift: Le Seigneur par la — — — Ohne Namen des Stechers, nur mit Galloy's Adresse.

Die Kundschafter mit der Traube.

Gestochen von J. Pesne für die Folge der Jahreszeiten. Siehe hinten die Landschaften.

*76) Boas und Ruth.

Boas steht links vorne und redet, seine Linke ausstreckend, zu Ruth, die nach rechts gewendet, sich auf das eine Knie niedergelassen hat und mit dem Zusammenlesen einer Garbe beschäftigt ist; sie wendet das Gesicht zu Boas um und nach der Bewegung ihrer Linken zu schliessen, zeigt sie Erstaunen über seine Worte. Zu ihrer linken Seite rechts ein kleiner Knabe, der ein Aehrenbündel zwischen den Armen hält. Radirtes Blatt. Im Unterrand: Boas et Ruth, par Nicola Poussin.

H. 10" 11''', Br. 9" 9'''. Im Düsseldorfer Galleriewerk.

Dieselbe Darstellung, anders.

Gestochen von J. Pesne für die Folge der Jahreszeiten. Siehe hinten die Landschaften.

77) **Die Pest zu Ashdod.**

Im Louvre. 1630 gemalt für den Bildhauer Matteo; dann beim Herzog Richelieu.

Man blickt auf einen von Prachtgebäuden eingeschlossenen Platz und eine sich in den Hintergrund wegziehende Strasse Ashdod's; sterbende und kranke Einwohner, Frauen, Männer und Kinder sieht man vorne und hinten auf dem Platz. Rechts liegt der Götze Dagon niedergeworfen auf seinem Altar, mit eingebüsstem Kopf; eine Anzahl Männer betrachtet das verstümmelte Idol. Unten links: Nic. Poussin Pinx. Im Unterrand: L'Arche du Seigneur — — — Arca Domini a Philistaeis — — — rechts darunter: Steph. Picart Rom.ᵘˢ sculp. 1677.

H. 14" 7'", Br. 19" 4'". Cab. du Roy.
* I. Mit Goyton's Namen als des Druckers unten rechts. * II. Ohne diesen Namen.

*78) **Dieselbe Darstellung.**

Im Unterrand: DAGON SOLVS TRVNCVS — — — darunter: Nic. Poussinus inuen. et Pinx. Guill. Courtois Burgū. delin. Joan. Baronius Tolosani Sculp. Romae Sup.ᵐ licentia. rechts: Jacintus Paribenius Pistorien. Formis Romae.

H. 13" 11'", Br. 17" 10'".
Die späteren Abdrücke tragen die No. 61.

79) **Dieselbe Darstellung.**

Von der Gegenseite und in einer Umrahmung. Mit der Adresse: A Paris chez Hecquet place Cambray a limage Sᵗ Maur.

H. 6" 7'", Br. 19" 11'".

*80) **Der Triumph Davids.**

Früher in der Gall. des Boyer d'Aiguilles.

Der Künstler ist hier von der Tradition abgewichen und hat den Gegenstand in mehr allegorischer Weise behandelt; David sitzt vor einem Pfeiler auf einem behauenen Steine und stützt die Linke auf sein langes Schwert. Links Goliath's Haupt bei dessen Rüstung; zu David's Linken steht die geflügelte Victoria, die einen Kranz über den Kopf des Siegers hält. Die Victoria ist von drei Genien begleitet, deren einer auf einem Saiteninstrument spielt. Im Unterrand: Percussit Saul mille — — — links: N. Poussin pinxit. rechts: I. Coelemans sculp.

H. 9"', Br. 12" 8'".

*81) Derselbe Gegenstand, anders.

Dulwich Gallerie, früher bei Cardinal Casanata.

Der Triumphzug bewegt sich nach rechts an einem Palaste vorbei, zwischen dessen Säulen Zuschauer stehen. David trägt Goliath's Kopf auf einer Stange, zwei Musiker gehen ihm voraus. Vorne sitzen und knieen drei Mütter mit ihren Kindern. Im Unterrand zu beiden Seiten des Lord Carysfortschen Wappens: THE TRIUMPH OF DAVID. Links: Nicholas Poufsin pinxit. in der Mitte: John Boydell excudit 1776. rechts: S. F. Ravenet fculpsit.
H. 15" 11''', Br. 21" 1'''.

*82) Das Urtheil Salomon's.

Im Louvre. 1649 für Achill Harley gemalt.

Der junge König thront in der Mitte zwischen zwei Säulen, seine würdevolle Haltung, die Bewegung seiner Hände deuten an, dass er soeben das Urtheil gefällt hat. Rechts stehen zwei Räthe, zwei Krieger und der Henker, der das lebende Kind seiner Mutter entrissen hat, um es in zwei Hälften zu theilen. Links gegenüber zwei Räthe, drei Frauen, ein Knabe und die Mutter mit dem todten Kinde. Beide Mütter haben sich auf das Knie niedergelassen; ihre Mienen und Armbewegungen deuten grosse Seelenerregung an. Im Unterrand: Ad Testem, in Iudicio Naturam — — — Le Sage Salomon a Inuoqué — — — links: N. Poussin Pinxit rechts: G. Chasteau ex. cum priuil. Begis. Rüe S! Jacques. Radirtes Blatt in Pesne's Manier.
H. 13" 3''', Br. 18" 11'''.

83) Dieselbe Darstellung.

Links unten im Boden: Nic. Poussin Inuen. Im Unterrand: Illmo ac Reu.^{mo} Domino meo Dño Camillo Maximo Patriache — — — Seruus Joannes Dughet.
H. 16" 7''', Br. 25" 5'''.
Die II. Abdrücke, ohne Dughet's Namen, tragen die Adresse des Matteo Giudice.

84) Dieselbe Darstellung. -

Von der Gegenseite. Der Henker erscheint hier links. Im Unterrand: JUGEMENT DE SALOMON. links: Peint par N! Poufsin, rechts: Gravé par A$^{nt}_{"}$ A$^{dr}_{"}$ Morel, in der Mitte die Jahreszahl 1825. Unter der Unterschrift: a Paris chez l'Auteur, links: Déposé à la Direction, rechts: Imprimé par Durand & Sauvé.
H. 17" 6''', Br 25" 11'''.
I. Vor der Schrift. *Mit derselben.

85) Dieselbe Darstellung.

Von der Gegenseite. Mit Steph. Gantrel's Adresse im Unterrand.
H. 12", 10''', Br. 17" 1'''.

Diese Composition soll ausserdem noch von A. Testa und Villerey gestochen sein; wir kennen diese Blätter nicht.

86) Derselbe Gegenstand, anders.

Im Belvedere zu Wien. Eine, wie uns scheint, zweifelhafte Composition.

Der König thront hier rechts; vier Räthe und zwei Krieger stehen hinter dem Thron und zur Rechten des Königs; zwei Krieger als Leibwache zu jeder Seite des hohen Sockels, auf welchem der Thronsessel steht. Der König streckt den Sceptor aus und giebt einem der Krieger der Leibwache Befehl, dem Henker das Urtheil mitzutheilen. Dieser sucht das lebende Kind seiner Mutter zu entreissen, woran ihn zwei Juden hindern zu wollen scheinen. Links einige Zuschauer. Der prächtige Gerichtssaal gestattet durch offene Arkaden Aussicht in den Grund auf einen jonischen und runden Tempel, sowie auch auf einen Obelisken. Radirtes Blatt. Im Unterrand: LE JUGEMENT DE SALOMON. links: Poussin pinx. darunter: Le tableau original — — rechts: Agricola sc. darunter: Se vend à Vienne chez J. X. Stöckl.
H. 11" 1'''; Br. 15" 11'''.
I. Vor Stöckel's Adresse. *II. Mit dieser Adresse.

*87) Esther vor Ahasver.

In der Eremitage zu St. Petersburg. Gemalt für Mr. Cerisier.

Ahasver thront links, drei Räthe stehen zu seiner Linken neben dem Thron; Esther, dem König gegenüber, ist ohnmächtig geworden und wird von drei Frauen unterstützt. In der Hinterwand vier Nischen mit Statuen. In der Mitte des Unterrands: Esther devant Assuerus, links: Le Roy Assuerus estant — — — darüber: Nic. Poussin pinx. rechts: Ingressa Esther stetit contra — — darüber ganz rechts: F. de Poilly sculp. Mit der Adresse des Stechers unter dem Titel.
H. 18" 5''', Br. 25".

88) Dieselbe Darstellung.

Im Unterrand: Cum Assuerus Rex eleuasset faciem, — — — hierunter links: N. Poussin Pinxit et ex archetypo — — — rechts: J. Pesne fculp. et ex. cum Pri. Re.
H. 18" 6''', Br. 25" 8'''. Rob. Dum. J. Pesne, No. 14.
I. Die Ferse der dem Thron zunächst knieenden Frau ist nur mit zwei halbkreisrunden Linien und sechs Punkten beschattet. In Frankreich werden diese

sehr seltenen Abdrücke „au talon blanc" genannt. *II. Die Forse ist ganz beschattet. III. Mit Vallet's Adresse links auf dem Boden.

89) Dieselbe Darstellung.

Von der Gegenseite. In einer Umrahmung. Mit der Adresse: A Lyon chez Cars rue — — — Cars le fils — — —
H. 17" 6'", Br. 23" 4'". Zani.

90) Dieselbe Darstellung.

Ebenfalls von der Gegenseite. Unter dem König: N. Poussin Pinxit I. G. sculp. im Unterrand: La Reine Esther —
H. 11" 3'", Br. 15". Zani.

Neues Testament.

Die Verlobung der heil. Jungfrau.

Gestochen von J. Pesne, J. Dughet und Anderen. Siehe die Sacramente.

91) Derselbe Gegenstand, anders.

Nach einer Zeichnung.

Die feierliche Scene ist hier in der erhöhten offenen Vorhalle des Tempels vorgestellt, Joseph und Maria reichen sich die Hände und stehen einander gegenüber, ersterer hält in der Rechten den Lilienstengel. Ueber dem Kopfe des Priesters schwebt die heilige Taube. Verwandte und Zuschauer stehen links und rechts. Rechts sieht man einen Mann im Mantel, welcher seinen Arm um eine Säule schlingt. Links vorne vor der erhöhten Estrade sitzt eine Frau, auf deren Schooss ein nacktes Kind klettert. Radirtes Blatt. Im Unterrand links: poufsin rechts: G. Au. fc. (G. Audran). C. P. R. aux 2. piliers dor.
H. 6" 8'", Br. 9" 1'".
I. Vor der Namensandeutung des Audran, nur mit poufsin. II. Vor den Worten: aux 2 piliers dor. *III. Mit diesen Worten. — Die Platte befindet sich noch in der Chalcographie zu Paris.

92) Die Verkündigung.

Die heilige Jungfrau kniet dem Engel gegenüber, welcher sich rechts auf das eine Knie niedergelassen hat und mit der Rechten auf den über ihm schwebenden Gott Vater zeigt, aus dessen Brust Strahlen mit der heil. Taube in der Richtung des Kopfes der heil. Jungfrau herabschiessen. Sechs kleine Engel sind bei Gott Vater, der zu einer grossen, rechts befindlichen Fensteröffnung des Zimmers hereingeschwebt ist; zwei von ihnen, in der Mitte oben, streuen Blumen. Im Unterrand: Ecce ancilla Domini fiat — — — links: N. Poussin Pinxit.- G. Edelinck Sculp. rechts: A Paris chez P. Mariette. H. 12" 11''', Br. 16" 3'''. Rob. Dum. G. Edelinck, No. 3. I. Man liest links unten in Nadelschrift: G.'Edelinck scup. rechts: N. Pitau ex. cum Priuil. Regis und in der Mitte des Unterrandes: Ecce anilla — — wie oben. II. Die Worte: G. Edelinck scup. sind weggekratzt, wofür P. Landry C. P. R. steht. Fehlt in Rob. Dum. III. Man liest links itm Unterrand: N. Poussin Pinxit. G. Edelinck Sculp. *IV. An Stelle der Adresse von N. Pitau steht jetzt: A Paris chez P. Mariette. V. Diese Adresse ist entfernt. VI. Man liest in der Mitte unten im Unterrand: a Paris chés Aliamet Graveur — — —

93) Dieselbe Darstellung.

Von der Gegenseite. Mit einer lateinischen Dedication an Probst Henr. Legrant. Gestochen von J. Couvay.

H. 11" 3''', Br. 15''.

Die späteren Abdrücke haben Mariette's Adresse.

94) Dieselbe Darstellung.

In einer Umrahmung. Mit Jeaurat's und le Brun's Adresse.

H. 11" 6''', Br. 8''.

*95) Derselbe Gegenstand, anders.

Gall. in München.

Die heil. Jungfrau, in Profil nach links gekehrt, sitzt auf einem Kissen, ihr gegenüber vor dem Bettvorhange steht der Engel, über ihrem Kopf schwebt die heil. Taube. Vor dem Kissen liegt ein offenes Buch. Ohne Schrift. Radirung des P. del Po.

H. 10" 6''', Br. 8" 8'''. Bartsch XX. p. 246. No. 2.

96) Dieselbe Darstellung.

Copie in Schwarzkunst von P. van Somer. 1676. Von der Gegenseite.

H. 9" 11''', Br. 8" 1'''.

*97) Die Geburt Christi.

Gall. in München.

Maria, nach rechts gekehrt, kniet in der Mitte vor dem auf einem Tuch in der Krippe liegenden Kinde; Joseph, hinter Maria stehend, beugt sich vornüber und hält, nach dem Kinde schauend, die Hand über die Augen. Links im Grunde des Stalls der Esel und die Kuh. Ohne alle Schrift. Radirung des P. del Po.

H. 10" 6''', Br. 8" 8'''. Bartsch XX. p. 246. No. 3.

98) Die Anbetung der Hirten.

Maria kniet in der Mitte des Stalls nach rechts gekehrt in Verehrung des auf einem Tuch in der Krippe liegenden Kindes, rechts sind vier anbetende Hirten, der vordere hat sich nach orientalischem Brauch auf Kniee und Arme geworfen, der hintere steht. Ein vierter, junger Hirt verehrt links, in der Nähe Maria's auf das linke Knie niedergesunken, das Kind, ein fünfter schreitet im Gespräch mit Joseph, der auf das Kind zeigt, links zur Thür herein. Ein viereckiger Rahmen umgiebt die Vorstellung. Links unten: Pouſſin pinxit. Roger fculpſit. rechts: Chaſteau excudit cum priuilegio Regis.
H. 20" 5''', Br. 24" 11'''.
I. Vor der Schrift. *II. Mit der Schrift. — In der Sammlung des Grafen Fries in Wien war ein Abdruck auf Atlas.

99) Derselbe Gegenstand, anders.

Maria kniet rechts, sie unterstützt mit ihrer rechten Hand den Kopf des schlafenden, auf einem Tuch auf Streu liegenden Kindes, zu ihrer Rechten steht Joseph. Sechs Hirten, gegenüber befindlich, verehren den neugeborenen Welttheiland, vier von ihnen knieen, einer liegt ausgestreckt mit Bauch und Gesicht gegen den Fussboden, der sechste steht hinten vor der Kuh. Der Esel frisst rechts aus einer Krippe. Im Unterrand: Inuenerunt Mariam et Joseph — — — links: N. Pouſſin Pinxit J. Pesne delin. et fculp. rechts: A Paris chez Hallier ſur le petit pont — — —. Rechts unten im Boden: Hallier excudit.
H. 15" 2''', Br. 20" 7'''. Rob. Dum. J. Pesne, No. 15.
*I. Mit Hallier's Adresse wie beschrieben. II. Mit Gantrel's Adresse. III. Mit der des Vermeulen.

100) Dieselbe Darstellung.

Im Unterrand zwischen der Dedication, in der Mitte ein Wappen, links: N. Pouſſin Pinxit PLombart Sculpſit. rechts: F. Hallier excudit auec Priuilege du Roy.
H. 15" 1''', Br. 20" 6'''.
*I. Vor der Dedication, mit dem Wappen und mit Hallier's Adresse. II. Mit der Dedication. III. Mit Hainselmann's Adresse. IV. Mit: chez la Veuve van Merle à la ville d'Anvers. V. Mit P. Drevets Adresse. Die späteren Abdrücke sind retouchirt.

101) Derselbe Gegenstand, anders.

Die Composition besteht aus sieben Figuren und einem Engel. Im Unterrand: N. Pouſſin — — — A paris chez Quenaut proche S. Hilaire.
H. 14" 8''', Br. 17" 9'''. Zani.

102) Derselbe Gegenstand, anders.

Gall. in München.

Maria sitzt hier rechts auf einem Haufen Streu und hat das nackte Kind auf ihrem Schoose liegen, Joseph steht hinter Maria und zeigt mit der Rechten auf das Kind. Vier Hirten, von welchen drei auf die Kniee gesunken sind, verehren dasselbe, der hintere, Joseph zunächst befindliche, hält die Hand über die Augen. Die Scene ereignet sich im Innern eines Stalls ohne Aussicht. Links im Boden: Nic. Poussin inue et Pinx. rechts: Io. Nolin fculp. C. P. R. im Unterrand: Paruulus natus est nobis — — —
H. 12" 3''', Br. 15" 6'''.
I. Vor der Schrift im Unterrand. *II. Mit der Schrift.

*103) Dieselbe Darstellung.

Von der Gegenseite des beschriebenen Blattes, so dass Maria hier links ist. Lithographie mit deutscher und französischer Unterschrift. Links unter den Einfassungslinien: Gemalt von Nic. Poussin. rechts: Nach dem Originale auf Stein gez. v. F. Piloty.
H. 15" 10''', Br. 22" 7''' nach der äusseren Einfassungslinie.
Die besseren Abdrücke sind auf chines. Papier.

104) Derselbe Gegenstand, anders.

Gall. des Mr. Selle in Paris.

Das Innere eines verfallenen, in einen Stall verwandelten Tempels. Maria, mit der Rechten das auf Stroh liegende Kind unterstützend, mit der Linken das Tuch desselben fassend, kniet links, hinter ihr steht Joseph, welcher die eine Hand gegen seinen Stock stützt; gegenüber sind zwei Hirten und zwei Hirtinnen; das dem Kind zunächst befindliche Paar hat sich auf das Knie niedergelassen, der zweite Hirt beugt sich vornüber und die zweite Hirtin trägt einen Korb mit Früchten. Oben schweben fünf Engel mit Blumen. Durch den Eingang des Tempels sieht man im Hintergrunde, wie der Engel den Hirten auf dem Felde die Geburt verkündigt. Im Unterrand eine Widmung an J. B. Colbert und das Colbertsche Wappen, links: N. Poussin Pinx. unter der Dedication: Steph.us Picart Rom.us fculp. C. P. Regis et ex.
H. 19", Br. 13" 11'''.
*I. Mit der Adresse des Stechers. II. Mit Drevet's Adresse.

105) Dieselbe Darstellung.

Kleine gegenseitige Copie mit P. Drevot's Adresse.
H. 5" 9''', Br. 3" 9'''.

*106) Derselbe Gegenstand, anders.

Nach einer Handzeichnung.

Die Composition gleicht im Wesentlichen der vorigen, Joseph und Maria sind links, die beiden Hirtenpaare rechts, alle diese in denselben Stellungen, aber die Engel oben sind weggelassen und der dem Kinde zunächst knieende Hirt hat als Geschenk für dasselbe ein Lamm niedergelegt. — In Crayon- und Lavismanir. Im Unterrand eine lateinische Widmung an Joh. Campbell, links darüber: Nic. Pousin. rechts: APond fecit 1735. H. 7" 2''', Br. 9" 8'''. Aus Pond's Handzeichnungswerk.

107) Dieselbe Darstellung.

Im Unterrand links: Poussin delin. weiter gegen die Mitte: G E. rechts: Massé Sculp Cum pripil Regis.
H. 9" 7''', Br. 14" 3'''. Rob. Dum. Ch. Massé, No. 96. In Jabach's Werk.
I. Vor den Künstlernamen. *II. Mit denselben.

108) Derselbe Gegenstand, anders.

Früher im Cabinet des Mr. de Julienne.

Maria, rechts bei der Krippe, hält mit der Rechten das Tuch, auf welchem das Kind liegt, baldachinartig über dem Kopf des Kindes; die Kuh wendet den Kopf nach dem Kinde um; links ist ein verehrender junger Hirt auf das eine Knie niedergesunken, ein älterer Hirt mit kahlem Scheitel steht hinter einem Postament und hinter dem Rücken dieses Hirten sieht man die Köpfe zweier (?) junger Hirtinnen; Joseph steht in der Mitte des Grundes hinter einer Mauer und neben ihm gegen links ein dritter junger Hirt. Im Unterrand: VIDEAMVS HOC VERBVM — — — links: Poufsin inv. pinxit. gegen rechts: Grave per Jacques Chereau — — — 1783.
H. 12" 7''', Br. 15" 1'''.

109) Die Anbetung der Weisen.

Dulwich Gallerie. 1663 für Mr. de Mauroy gemalt.

Das Ereigniss ist in einem verfallenen Tempel vorgestellt. Maria sitzt rechts mit dem Kinde auf dem Schooss, hinter ihr steht Joseph auf seinen Stock gestützt, zwei der Weisen knieen in Anbetung des Kindes, der mittlere, der Mohr, ist in Begriff sich auf das Knie niederzulassen, vor dem vorderen stehen am Fussboden eine Krone und ein Gefäss. Links und in der Mitte dicht hinter den Königen das aus fünf Personen bestehende Gefolge derselben, das seine lebhafte Freude über das neugeborne Kind äussert. Links im Grunde vor einem Gebäude die Kameele

und Knechte der Könige. Im Unterrand: Nec ſtabuli male
textra trabes, — — — links: Pouſsin jnu et pin.
Auice (Chev. d'Avice) scul rechts: A Paris Chez Anth.
de Fer — — —
H. 13" 6''', Br. 15" 1'''.
I. Vor der Adresse des Ant. de Fer. * II. Mit dieser Adresse.

*110) Dieselbe Darstellung.

Von der Gegenseite und mit Weglassung der oberen Architektur, des landschaftlichen Theils und mehrerer Figuren.
Im Unterrand: Veris Christi Adoratoribus. links: Pouſſin
jn Malbouré ex. rechts: in Aula Albretiaca prope
S.tum hilarium.
H. 14" 3''', Br. 18" 1'''.

111) Dieselbe Darstellung.

Gestochen von G. Vallet. Qu. fol.

112) Dieselbe Darstellung.

Von Ant. Morghen mit Raf. Morghen, der die Köpfe der
Mohren schnitt, für das Musée français par Laurent et Robillard
gestochen. Im Unterrand die Namen des Malers, des Zeichners
Duchemin und des Stechers, so wie der Titel: L'ADORATION
DES MAGES.
H. 11" 5''', Br. 11" 2'''.
I. Vor der Schrift. II. Mit unausgefüllter Schrift. III. Mit ausgefüllter Schrift.

113) Derselbe Gegenstand, anders.

Die Composition besteht aus zwölf oder dreizehn Figuren
und in der Luft gewahren wir vier Engel. Die heilige Jungfrau,
das Kind haltend, hat sich von ihrem Sitz erhoben, Joseph steht
zu ihrer Seite. Im Unterrand liest man: Les Mages — — —
N. Poussin pinx. C. P. R. A Paris chez J. Cheau. P.
Picault sculp.
H. 20" 4''', Br. 15" 6'''. Zani.

*114) Derselbe Gegenstand, anders.

Maria, mit dem Kinde auf dem Schooss, sitzt links und hinter ihr steht Joseph auf seinen Stock gestützt. Zwei Könige
knieen in Verehrung, der mittlere, der Mohr, ist in Begriff sich
auf das Knie niederzulassen. Hinter den Königen gewahren wir
einen Mohrenpagen mit einer Krone in der Hand, eine Frau, die
den Zeigefinger der rechten Hand an den Mund legt, und den
Kopf eines Dieners. Oben in Gewölk fünf kleine Engel. Die
Räumlichkeit ist das Innere eines Tempels. Die Composition

gleicht sehr der von Avice und Morghen gestochenen, die Hauptpersonen sind dieselben und in derselben Haltung, aber die Umgebung ist eine andere. Jm Unterrand: Sic placet oblatum — — — links etwas tiefer: Nicolaus Poussinus Inue. rechts: B. Thibouft Sculp.
H. 9" 11''', Br. 6" 7'''.

*115) Maria mit dem Kinde.
Zweifelhafte Composition.

Die heilige Jungfrau, nach links gewendet und bis auf die Kniee zu sehen, sitzt auf einer Bank vor einer Mauer, auf welcher hinter ihrem Kopf eine Säule steht, sie richtet den Blick gegen vorne, hat das rechte Bein erhoben, um das Kind zu stützen, das mit den Knieen auf der Bank liegt und von der Mutter gehalten wird. Ohne Schrift und Bezeichnung. Von einem gleichzeitigen Meister, vielleicht von Remigius Vuibert.
H. 7" 8''', Br. 6" 1'''.

116) Maria mit dem Kinde.

Die heilige Jungfrau, bis unter die Kniee zu sehen, das Gesicht von vorne, der Oberkörper etwas nach links gewendet, sitzt in der Mitte vor einer breiten Pilasterbasis und hält mit beiden Händen das nackte, mit der Linken segnende Kind. Im Unterrand: Beata es Virgo Maria — — — links: N. Poussin Pinxit. rechts: J. Pesne fculpsit cum Priuil. Regis.
H. 13" 9''', Br. 10" 2'''. Rob. Dum. J. Pesne, No. 7.

*I. Vor der Schrift, nur mit den Künstlernamen. II. Wie beschrieben. III. Ungeschickt retouchirt. Der Name des Malers ist entfernt. Robert Dumenil bemerkt ferner, dass die in den ersten Abdrücken sichtbaren Aureolen um die Köpfe der Mutter und des Kindes fast ganz ausgelöscht sind. Wir haben einen ersten Abdruck des Blatts vor uns liegen, entdecken aber keine Aureolen. Auch stimmt das Maas nicht mit dem von Rob. Dumenil angegebenen überein.

117) Maria mit dem Kinde und Johannes.

Maria sitzt auf einer Bank vor einer mit drei Pilastern gezierten Mauer, das nackte, mit der erhobenen Linken segnende Kind sitzt auf ihrem linken Bein. Der kleine Johannes hat sich rechts auf das eine Knie niedergelassen und streckt die Rechte nach dem Jesuskinde empor. Im Unterrand: Dilectus meus mihi — — — links: N. Poussin Andeliensis Pinxit rechts: J. Pesne delin. et fculp. et ex. cum Priuil. Ro.
H. 16" 4''', Br. 12" 10'''. Rob. Dum. J. Pesne, No. 8.

*I. Beschrieben. II. Unter Poussin's Namen steht: Malbouré ex Cour d'Albret und unter Pesne's Namen: Proche S¹ Hilaire. Von diesem Etat kommen auch Abdrücke vor, wo vermittelst eines übergelegten weissen Papierstreifens die Unterschrift unterdrückt und links im Boden durch ähnliche Manipulation ein schlecht gestochenes Wappen eingedruckt ist.

118) **Maria mit dem Kinde und Johannes.**

Die heil. Jungfrau, sitzend, hat das Kind auf ihrem Schoos, Johannes steht links, mehrere Kinder sind bei dieser Gruppe. St Aubin sc.
Kat. Paignon Dijonval.

*119) **Die heilige Familie.**

Einst im Cab. des Mr. le Bailly de Breteuil zu Rom.

Maria, in Profil nach rechts gekehrt, sitzt links auf einem Stuhl und betrachtet innig und vorübergeblickt das auf ihrem Schoos liegende, gegen sie gekehrte, die Hände nach der Mutter ausstreckende Kind, das sie mit beiden Händen unter dem Kopf und Arm unterstützt. Rechts steht auf einem Dreifuss ein Gefäss mit einem Löffel und im Grunde des Zimmers dieser Seite sehen wir Joseph auf einer Ruhebank sitzen und den Kopf auf die Hand in einer Fensteröffnung stützen. Im Unterrand: La Sainte Famille. und eine Dedication an den oben genannten Besitzer des Gemäldes, links: N. Poufsin Pinx, rechts: Carol Faucci sculp.
H. 14" 4'", Br. 11" 3'".

Im späteren Abdruck sind diese beiden Künstlernamen ausgeschliffen, so wie die Adresse: A Paris chez Chereau — — — Rechts unter der Widmung steht neu eingestochen: Carol Faucc'j fculp.

120) **Die heilige Familie mit dem lesenden Joseph.**

Gall. des Hr. H. J. Hinchcliffe.

Maria, nach links gekehrt, sitzt gegen rechts auf einer hölzernen Bank, sie hat beide Arme um das auf ihrem Schoosse sitzende Kind geschlungen und ihre Hände auf einander gelegt; links lehnt Joseph ausserhalb des Zimmers auf einer unten mit plastischem Bildwerk geschmückten Brüstungsmauer und liest andächtig in einem mit beiden Händen gehaltenen Buch. Ein viereckiger Rahmen umschliesst die Darstellung. In der Mitte des Unterrands ein Wappen, zu Seiten desselben die Schrift, darunter die Adresse: Published July 23.d 1784, by J. K. Sherwin — — links unter dem Rahmen: Nicolo Poufsin Pinx! rechts: Engraved by J. K. Sherwin.
H. 17", Br. 11" 11'".

*I. Vor der Schrift, nur mit den Künstlernamen und der gerissenen Adresse: Published by J. K. Sherwin Novb.r the 30 — — — *II. Mit der unausgefüllten Schrift: HOLY FAMILY. und der oben angegebenen Adresse. III. Mit ausgefüllter Schrift.

121) Die heilige Familie mit Johannes.

Gemalt für Mr. Pointel.

Maria, nach rechts gekehrt, sitzt links auf einem Stuhl und hat ihre nackten Füsse auf eine Fussbank gestellt; sie hält das auf ihrem Schoosse sitzende Kind, das die Linke, von der Mutter unterstützt, erhebt, um den kleinen Johannes zu segnen; dieser, rechts befindlich, hat sich mit dem einen Knie auf die Fussbank niedergelassen und breitet die Arme aus. Joseph, mit einer Hand sein Kinn stützend, steht hinter dem Kinde. Rechts unten an dem Fuss einer Säule die Buchstaben N P I, links unten im Fussboden: ALEX VOVET. Im Unterrand eine Dedication von Gio. Dughet an Giovanni Pointel.

H. 11" 2''', Br. 8" 11'''. Kupferstich des Alex. Voet.

122) Dieselbe Darstellung.

Von der Gegenseite des vorigen Blattes. Links unten im Boden: Poussin Pinxit darunter im Unterand: Malbourée excudit in aula Albretiaca prope S.tᵃ Hilarium.

H. 11" 2''', Br. 8" 11'''.

Nach Smith soll diese Composition auch von P. van Somer gestochen sein, wenn dies Blatt nicht mit dem letzteren identisch ist, da auf den Somer'schen Stichen nach Poussin gewöhnlich Malbourée's Adresse steht.

*123) Dieselbe, anders.

Gall. des W. Scrope.

Die heil. Familie befindet sich im Vorgrund einer Landschaft, in welcher sich hinter ihr ein Baum und zwei cannelirte Säulen erheben; Maria, sitzend, hat den linken Arm auf ein in der Mitte befindliches Gemäuer gelegt und hält mit der Rechten das auf ihrem Schoosse sitzende Kind, dessen Fuss der kleine Johannes küsst, letzterer hat sich links auf das eine Knie niedergelassen und hält sein Kreuz, an welchem oben ein Bund flattert. Joseph sitzt zur Linken Maria's hinter dem Gemäuer und liest in einem mit seiner Linken gehaltenen Buche. Unten links im Boden: N. Pouffin, Pinxit. G. Chasteau, fculpsit, et ex. cum Priuilegio Regis.

H. 13" 7''', Br. 12" 6'''.

*I. Es giebt spätere Abdrücke mit einem in der Mitte unten eingedrückten Wappen.

124) Dieselbe, anders.

Maria, in Profil nach links gekehrt, die Augen gegen den Beschauer richtend, sitzt rechts vor einer Mauer auf einem be-

hauenen Stein, sie umfasst mit beiden Armen das auf ihrem rechten Bein sitzende, seinen linken Arm um den Nacken der Mutter legende Kind. Der kleine Johannes steht bei dem rechten Beine der heil. Jungfrau und betrachtet das Kind, während er die Rechte gegen seine Brust legt und mit der Linken sein Kreuz hält. Links hinter einer Mauer bei einer cannelirten Säule Joseph, nur im Brustbilde sichtbar. Im Unterrand: Regia progenies Joseph — — — links etwas tiefer: Nicolaus Pouffinus Inu rechts: Seb. Voullemont fcul und unter dem Distichon die Adresse: A Paris chez Pierre Mariette — H. 10'', Br. 7'' 11'''.
1. Vor der Adresse des Mariette. *II. Mit dieser Adresse.

125) Dieselbe, anders.

Vorne in einer Landschaft vor Bäumen. Maria, sitzend, hält das Kind auf ihrem Schooss und Joseph steht hinter ihr. Beider Blicke sind auf den kleinen, rechts gegen eine kleine Erderhöhung knieenden Johannes gerichtet, der dem Jesuskind sein Kreuz mit dem flatternden Band hinhält. Auf dem mir vorliegenden Exemplar links unten im Rand handschriftlich mit: Poussin in. Vallet C. P. R. bezeichnet. Sonst ohne Schrift. Sicher eine echte Composition.
H. 16'' 1''', Br. 11'' 1'''.

126) Dieselbe, anders.

Gall. Zanetti.

Sie befindet sich im Vordergrund einer links offenen Landschaft bei Gemäuer mit zwei Säulen, von welchen eine, rechts oben, abgebrochen auf dem Gemäuer liegt; Maria, nach links gerichtet, sitzt auf der unteren Stufe des Gemäuers und schaut nach den Worten ECCE AGNUS DEI an einem Band, welches der links befindliche kleine Johannes hält; das Jesuskind, den Blick gegen den Beschauer richtend und in der Linken eine Rose haltend, steht auf der unteren Stufe bei der Mutter, die es, der Bewegung ihrer Hände nach zu urtheilen, auf ihren Schooss heben zu wollen scheint. Joseph, nach links gekehrt, sitzt hinter Johannes und Maria, und liest in einem mit der Rechten gehaltenen Buch. Links im Hintergrund zwei Pyramiden. In der Mitte des Unterrands ein Wappen, zu beiden Seiten desselben eine italienische Dedication an den Cardinal Giuseppe Morozzo, darunter links und rechts die Namen der Verleger, in der Mitte die des Besitzers des Gemäldes und Druckers. Links unter dem Boden der Vorstellung: NICOLO POUSSIN DIPINSE

in der Mitte: GIOVITA GARAVAGLIA DISEGNO rechts:
FAUSTINO ANDERLONI INTAGLIO.
H. 16" 6''', Br. 12" 8'''.
I. Vor der Schrift. *II. Mit derselben.

127) Die heilige Familie mit Johannes und Elisabeth.
Im Louvre.

Sie befindet sich im Vorgrund einer Landschaft, durch deren Mittelgrund ein Fluss strömt, an welchem rechts eine Stadt liegt. Maria sitzt, nach rechts gekehrt, links und hält das Kind auf dem Schoose, das die Arme ausstreckt, um das Gesicht des kleinen, von der knieenden Elisabeth gehaltenen Johannes zu liebkosen. Joseph steht dahinter in der Mitte, er schaut auf die Kinder nieder und hat die Hände zum Gebet zusammengelegt. Unten links: N. Poussin Pinxit rechts: J. Pesne fculp cum priuil. Im Unterrand eine vierzeilige lateinische Widmung an Carl Le Brun. Unter derselben links: Excudebatur Lut. Paris. an. dni. 1670. rechts: Cum priuilegio Regis.
H. 17" 4''', Br. 13" 1'''. Rob. Dum. J. Pesne, No. 9.
*I. Beschrieben. II. Wie die ersten, aber mit unterdrückter Jahreszahl. Fehlt Rob. Dumenil. III. Mit Malbouré's Adresse links und rechts unter der Einfassungslinie. IV. Die Dedication ist gelöscht.

128) Dieselbe Darstellung.
Von Massard für das Musée français gestochen.

129) Dieselbe, anders.
In der Eremitage zu St. Petersburg. Für Poussin's eignes Haus in Rom gemalt.

Maria sitzt links, nach rechts gekehrt, vor einem Pfeiler und hält das auf ihrem linken Bein stehende Kind mit beiden Händen. Elisabeth hat sich rechts auf das eine Knie niedergelassen und während sie ihre Rechte gegen die Brust legt, hält sie die Linke unter den Arm des kleinen, zum Kind aufblickenden, die Arme ausbreitenden, vor ihr stehenden Johannes. Joseph lehnt hinter Elisabeth mit beiden Armen auf einem runden Postament. Im bergigen Hintergrund einige Gebäude. Unten rechts: N. Poussin Pinxit. De Poilly Sculpfit ex CPR Im Unterrand zu beiden Seiten des Houghton'schen Wappens: THE HOLY FAMILY. dann die Angabe, dass sich das Gemälde im Houghton'schen Cabinet befinde und J. Boydell's Adresse, links: Nic. Poufsin Pinxit. rechts: Poilly Sculpsit.
H. 14" 8''', Br. 11" 4'''.
* Die ersten Abdrücke sind vor dem Wappen und aller Schrift im Unterrand, die späteren, mit der englischen Unterschrift, sind in der Houghton Gallerie.

130) Dieselbe Darstellung.

Im Unterrand in Majuskeln eine italienische Dedication an Th. dal Pozzo von Giov. Dughet, links letzterem Namen gegenüber: Nic. Poufsin Inuentor. Rechts fast in halber Höhe an einer niedrigen Mauer: N. P. IN. ALE. VOE
H. 11" 3''', Br. 9''. Kupferstich des Alex. Voet.
*I. Vor aller Schrift im Unterrand. II. Mit der Schrift.

*131) Dieselbe, etwas anders.

Mit denselben Figuren in derselben Haltung, aber von der Gegenseite, Maria sitzt hier gegen rechts, Elisabeth kniet in der Mitte; links ein Brunnen. Rechts unten auf einem Baufragment: F. de Poilly ex. c. P. Regis, weiter unten im Boden: a Paris rue S Jaques a limage Benois. Im Unterrand ist keine Schrift auf dem mir vorliegenden Exemplar; man sieht rechts bei der Adresse im Boden Spuren einer gelöschten früheren Adresse.
H. 16" 9''', Br. 22" 5'''.

132) Dieselbe, anders.

Im Louvre.

Sie befindet sich im Vorgrund einer rechts und links hinten mit verschiedenen Gebäuden ausgestatteten Landschaft vor einer Gruppe von zwei oder drei Bäumen; Maria, sitzend und nach rechts gewendet, richtet den Kopf nach links, auf den kleinen Johannes niederblickend, der dem im Schoosse der Mutter liegenden Kinde die an einem von ihm gehaltenen Band befindlichen Buchstaben OLIS etc. deutet; Johannes sitzt auf dem linken Bein der ebenfalls sitzenden, den Kopf gegen die Linke stützenden Elisabeth. Hinter letzterer sitzt nach links gekehrt, die Scene betrachtend, Joseph mit dem Rücken gegen einen der oben erwähnten Bäume. Unten im Boden von der Rechten gegen die Mitte zu liest man: N. Poussin Pinxit M. Natalis fculpsit und darunter F. Poilly's Adresse. Im Unterrand zwei Distichen: Nascitur ex fterili, — — —
H. 14" 5''', Br. 20" 2'''.
I. Vor dem leichten Tuch, welches die Schaam des Jesuskindes verhüllt.
II. Mit diesem Tuch. *III. In der Mitte unten im Boden ein Wappen eingedruckt.

*133) Dieselbe, anders.

In einem Tempel. Maria steht rechts, sie hat den linken Fuss auf einen Steinwürfel gesetzt und hält mit beiden Händen das auf ihrem linken Bein sitzende Kind, dasselbe segnet den in der Mitte knieenden, die Hände zusammenlegenden kleinen

Johannes, der von der niedergehockten Elisabeth gehalten wird. Joseph, die Scene betrachtend, steht hinter den letzteren Figuren und stützt Hand und Kopf gegen seinen Stab. Ohne alle Bezeichnung.
H. 11" 6''', Br. 9" 1'''.

*134) Dieselbe Darstellung.

Von der Gegenseite. Im Unterrand: LA FAMIGLIA DI CRISTO, links unter der Darstellung: Nic. Poussin dipinse rechts: Dom. Cunego incise. Unter dem Titel die Adresse: In Roma presso Filippo Piale.
H. 14" 3''', Br. 10" 9'''.

135) Dieselbe, anders.

Gall. des Walsh Porter.

Sie ruht auf einer Stufe der Treppe eines Tempels oder Palastes; Maria, in der Mitte sitzend, hält das sitzende Kind auf ihrem linken Bein, der kleine Johannes zwischen ihr und der links befindlichen, dem Kinde zugewendeten Elisabeth sitzend, reicht dem Kinde einen Apfel. Joseph sitzt, in Profil gesehen, rechts, er hat die Beine auf der Stufe ausgestreckt und misst eine Tafel mit einem Cirkel. Unten links auf der untersten Stufe: Claudia Stella fculp. et excudit darüber: pouffin pinxit rechts: cum Priuilegio Regis. in der Mitte des Unterrandes: Verè tu es Deus absconditus, Isa. ch. 45.
H. 13" 5''', Br. 18" 7'''.
*I. Mit der Adresse der Künstlerin.

*136) Dieselbe Darstellung.

Von der Gegenseite. Im Unterrand: La Sainte Famille Sacra Christi Familia, darunter in der Mitte: co vend a Paris Chez la Vouve de Poilly — — — links: Nicolaus Poussin jnvenit et pinxit rechts: Joannes Baptista de Poilly fculpsit.
H. 18" 4''', Br. 25" 9'''.

137) Die heilige Familie mit dem Badebecken.

Gallerie des H. J. Hope, früher bei Sim. Clarke. Gemalt für Form. de Venne.

Sie befindet sich im Vorgrund einer Landschaft mit einem gegen rechts befindlichen hohen Ueberrest eines Gebäudes, vor welchem, neben einem viereckigen Piedestal oder Säulenbasis, Joseph sitzt; im Mittelgrund Wasser, im Hintergrund Gebäude. Maria sitzt in der Mitte, sie fasst mit der Rechten das auf

ihrem Schoosse liegende, von dem kleinen Johannes umarmte **Kind** und langt mit der Linken nach einem Tuch, das ihr ein rechts befindlicher kleiner Engel reicht, um den Fuss des gebadeten Kindes zu trocknen; ein zweiter Engel leert das Badebecken mittelst eines Kruges, zwei andere, alle rechts, tragen einen Korb mit Blumen herbei. Die heil. Elisabeth kniet links bei dem kleinen Johannes; eine andere heilige Frau, der Scene zuschauend, geht links im Mittelgrund. Links unten im Boden: A Paris Chez Vallet Graveur — — — Auec Priullege. weiter unten: N. Poussin pinxit R*° Ex Musoo —.— — J. Pesne del. et sculp.
H. 18" 3''', Br. 23" 7'''. Rob. Dum. J. Pesne, No. 16.
I. Vor aller Schrift und vor den Schattenarbeiten im Gesicht der links im Mittelgrund schreitenden Frau. Fehlt in Rob. Dum. . II. Im Unterrand links: N. Poussin pinxit. Ex Museo Jo. Formont D. de Venne rechts: J. Pesne del. et sculps. cum priuil. Regis. Vor Vallet's Adresse. *III. Der beschriebene Zustand. IV. Mit Drevet's Adresse an der Stelle der von Vallet.

138) Die heilige Familie mit sechs Engeln.

Gall. des Herzogs von Devonshire.

Im Vorgrund einer Landschaft mit Wasser rechts im Mittelgrund, mit einem Kahn mit der nach Aegypten abreisenden heiligen Familie auf dem Wasser und mit zwei Reitern auf dem Ufer. Maria, nach links gewendet, sitzt in der Mitte und hält das Kind auf ihrem Bein, welches sich vornüberneigt, um den kleinen, vor ihm stehenden Johannes zu umarmen; hinter letzterem sitzt Elisabeth, zur Linken der Elisabeth steht Joseph mit dem Arme aufgestützt und der Scene zuschauend, vor dem Ueberrest eines Gebäudes. Rechts sechs kleine Engel, von welchen einer einen Korb mit Blumen ausschüttet, drei ein Becken mit Wasser herbeischleppen. Im Unterrand zu beiden Seiten eines Wappens: Quoniam Angelis suis mandavit — — — darunter eine Dedication an Colbert, links: N. Poussin pinx. Se Vend apres Chez F. Chereau — — — rechts: Cum Priuil. Regis. Steph. Baudet fculp. dans la Gallerie du Louure.
H. 17" 11''', Br. 24" 5'''.
I. Vor der Schrift. II. Vor Chereau's Adresse. *III. Mit dieser Adresse.

139) Die heilige Familie mit vier Engeln und einer Heiligen.

Gall. des Fürsten Lichtenstein zu Wien.

Vorne in einer, im Mittelgrund mit verschiedenen Gebänden reich ausgestatteten Landschaft. Maria, von vorne gesehen, sitzt in der Mitte und hält das Kind auf ihrem rechten Beine, dasselbe ist gegen den kleinen, von der knieenden Elisabeth gehaltenen

Johannes gerichtet, der, aufblickend zu ihm, mit Hülfe seiner Mutter die Hände zusammenlegt. Links reichen drei Engelchen dem Jesuskinde Blumen, zwei in Körben, ein vierter pflückt solche. Unten gegen die Mitte: N. Pouffin Pinxit rechts: Claudia Stella fculp. et excudit cum Priuilogio Regis 1668. in der Mitte des Unterrandes: Ego Mater pulchrae dilectionis Ecol. 24.
H. 14" 11''', Br. 19" 6'''.
* I. Mit der Adresse der Künstlerin.

*140) Die heilige Familie mit sechs Engeln.

Maria, in Profil nach links gekehrt, sitzt rechts vorne auf einer Stufe vor dem Fuss eines Baumes, sie hält das auf ihrem Schoosse stehende Kind, welches mit der Rechten einen Apfel aus einem Korb mit Früchten nimmt, welchen ihm ein Engel auf dem Kopfe darbietet; hinter dem Rücken dieses Engels sind zwei andere, von welchen der vordere in Verehrung auf das Knie niedergesunken ist, und oben schweben noch drei andere, zwei mit Lorbeerreisern und einem Kranz, während der dritte von ihnen einen Vorhang aufnimmt. Joseph sitzt links. Den Hintergrund bildet eine Landschaft. Unten gegen die Mitte: N. Poussin, Pinxit. und weiter nach rechts: G. Chasteau, ex. C. P. R. An buste de Bronze. Ein viereckiger Rahmen schliesst das Bild ein.
H. 21" 11''', Br. 24" 11'''.

141) Derselbe Gegenstand, anders.

Gall. des Marq. von Westminster.

Der vorigen Composition ähnlich, aber von der Gegenseite, höher und mit Abweichungen in Nebendingen. Die Steine rechts vorne auf dem Boden haben eine andere Form, auch reicht der Boden weiter gegen vorne. Im Unterrand links: N. Poufsin pinx^t rechts: F. Bartolozzi R A sculp^t 1796. in der Mitte unten: LONDON Published as the Act directs — — —
H. 21" 9''', Br. 16" 5'''.
* I. Vor der Schrift, die Künstlernamen und Adresse sind mit der Nadel gerissen. II. Mit der Schrift.

*142) Die Darstellung des Kindes.

Maria, links vorne die Stufe der Vorhalle des Tempels hinanschreitend, überreicht dem als Hohepriester gekleideten greisen Simeon das Kind; letzterer, in der Mitte stehend und vornübergebückt, wird von einem hinter ihm stehenden Leviten oder Priester gehalten, dass er nicht falle. Joseph, hinter Maria stehend, reicht

mit beiden Händen einem rechts befindlichen, in ein langes Gewand gehüllten jungen Manne, neben dem Kopfe des Simeon hinweg, zwei Tauben. Ausser diesen Personen gewahren wir auf beiden Seiten noch eine Anzahl anderer zuschauender; oben auf Gewölk vier Engel verschiedener Grösse und bei ihnen über Simeon's Haupt die heilige Taube. Radirung des P. del Po. Ohne alle Bezeichnung. Ein schwach radirtes Blatt mit Spuren einer begonnenen, nicht durchgeführten Retouche.
H. 19" 2''', Br. 13" 11'''. Bartsch, P. del Po, No. 5.
Zweifelhafte Composition, von Einigen auch dem G. Reni oder Dominichino beigelegt.
Fr. Rosaspina hat dieselbe Composition gestochen, sie ist auf diesem Stich dem G. Reni zugeschrieben.

*143) **Die Flucht nach Egypten.**

Maria, mit dem Kinde auf dem Arm, schreitet in der Mitte vorne nach links, während sie sich nach einem rechts am Wege ruhenden Wanderer umschaut; dicht hinter ihr schwebt ein Engel, welcher Joseph, der den Esel an einem Strick führt, den Weg zeigt. Unbezeichnete Radirung des Pietro del Po.
H. 13" 6''', Br. 18" 7'''. Bartsch, P. del Po, No. 6.

144) **Dieselbe Darstellung.**
Im Unterrand: N. Poussin inv. A Paris chez J. Mariette rue — — —
H. 12" 11''', Br. 18" 5'''. Zani.

145) **Dieselbe Darstellung.**
Von der Gegenseite; die heilige Familie schreitet hier nach rechts. Im Unterrand links: Le Poussin In. rechts: chez Andran.
H. 18" 5''', Br. 18" 7'''.

146) **Dieselbe Darstellung.**
Von der Gegenseite. Im Unterrand: N. Poussin Pinxit. P. Van Somer fecit et excudit — — —
H. 13" 1''', Br. 18" 5'''. Zani.

147) **Dieselbe Darstellung.**
Von der Gegenseite, mit: Poussin. Pinx. und: A Paris chez Hecquet — — —
H. 14" 10''', Br. 18" 8'''. Zani.

148) **Dieselbe Darstellung.**
Ebenfalls von der Gegenseite. In einer Umrahmung. Mit Steph. Gantrels Adresse.
H. 15" 5''', Br. 19" 7'''.

149) Dieselbe Darstellung.

Nach Smith mit Poilly's Adresse.

150) Derselbe Gegenstand, anders.

Im Palast Torre zu Neapel.

Maria, von vorne gesehen, sitzt auf dem Esel und schaut auf das Kind, das sie eben Joseph gegeben hat. Zwei Engel halten den Esel, ein dritter bezeigt seine Verehrung. Zwei kleine Engel schweben oben und halten ein Tuch, wie um ein Zelt für die Reisenden zu bilden. Nach Smith von Macret gestochen. Smith.

*151) Ruhe auf der Flucht nach Egypten.

Die heilige Jungfrau sitzt links vorne in einer Landschaft, zwei kleine Engel sind beschäftigt hinter ihr einen Teppich an Bäumen aufzuhängen; das Kind sitzt auf Joseph's Schooss und reicht der Mutter einen Apfel, welchen es aus einem Fruchtkorb genommen hat, den ein in der Mitte knieender grosser Engel darbietet. Ein kleiner Engel lässt rechts den Esel saufen. Unten links auf einem am Boden liegenden Leisten: Claudia B. Stella Sculp. weiter gegen die Mitte: cum priuil. Regis. Im Unterrand: Melior est Fructus meus — — — links: N. Pouffin pinx.
H. 11" 10''', Br. 15" 10'''.

*152) Derselbe Gegenstand, anders.

Gall. Rospigliosi.

Die heilige Familie ruht rechts, das Kind sitzt auf dem Schoosse der Mutter, welche die Hände wie betend zusammenlegt; zwei kleine Blumen streuende Engel schweben über Maria. Hinter Joseph steht der Esel vor Gemäuer, welches rechts die Aussicht in den Grund verschliesst. Zwei grosse, der heil. Jungfrau gegenüber knieende Engel reichen dem Kinde einen Teller mit einer Frucht und eine Schaale mit einer Flüssigkeit. Links weiter zurück steht ein Elephant. Unten gegen die Mitte: Nic. Poussin In. In G. Dughet's Manier.
H. 14" 1''', Br. 18" 3'''.

153) Dieselbe Darstellung.

Von der Gegenseite. Zu beiden Seiten eines in der Mitte des Unterrands befindlichen Wappens: BUTYRUM ET MEL .COMEDET — — — darunter eine Dedication an Grossherzog Ferdinand III. von Toskana von J. Volpato und R. Morghen, links unter dem Boden der Vorstellung: Nicolaus Poufsin

pinx¹. in der Mitte: Stephanus Tofanelli delin¹. rechts:
Raph. Morghen sculp¹. Romae.
H. 16" 9''', Br. 21" 6'''. Palmerini, No. 131.
I. Aetzdrücke. II. Vor der Schrift. III. Mit gerissener Schrift und vor
der Dedication. *IV. Mit ausgefüllter Schrift und der Dedication.

*154) Dieselbe Darstellung.

Zu beiden Seiten eines in der Mitte des Unterrandes befindlichen Wappens: JOSEPH ACCEPIT PUERUM — — — darunter eine italienische Dedication an Graf Ant. Appony von N. Pagni und Sohn. Links unter dem Boden der Vorstellung: Niccolò Pussino dipinse rechts: Antonio Perfetti incise 1818. Raffaello Morghen diresse, unter dem Wappen: Firenze appo Niccolò Pagni e Figlio.
H. 16" 9''', Br. 21" 6'''.

155) Dieselbe Darstellung.

Ohne den Elephanten und mit anderem Grunde. Unten: N. Poussin pinxit. C. P. R. und ein Wappen.
H. 14" 7''', Br. 19''.

*156) Derselbe Gegenstand, anders.

Zweifelhafte Composition.

Die heilige Familie ruht in der Mitte des Vordergrundes einer durch Gemäuer und Felsen fast ganz gesperrten Landschaft, Maria, ihren Kopf nach links umwendend, wohin auch der bei ihr sitzende Joseph zeigt, hält mit beiden Armen das Kind, das den auf das eine Knie niedergesunkenen kleinen Johannes liebkost, was dieser zu erwiedern im Begriff ist. Rechts der Kopf des in eine Distel beissenden Esels. Im Unterrand: Ecce Angelus Domini apparuit — — — links: Nicoló. Pussino inv. in der Mitte: Giovanni Magnani dis. rechts: Guglielmo Morghen inc.
H. 13" 4''', Br. 17''.

*157) Derselbe Gegenstand, anders.

Maria, in der Mitte vorne sitzend, mit dem Kinde im Schoosse, nimmt Früchte aus einem Körbchen, die ein knieender Egyptier ihr darreicht; Joseph, zur Linken der Maria sitzend, hält einen Napf hin, in welchen eine links stehende Egyptierin Wein oder eine andere Flüssigkeit aus einem Kruge giesst; letztere ist von einem jungen Mädchen begleitet, welches mit der Rechten auf den von dem knieenden Egyptier gehaltenen Fruchtkorb zeigt. Rechts säuft der Esel aus einem gemauerten Brunnen. Rechts und im Hintergrund verschiedene Gebäude mit einer Procession

oder einem Leichenzug. Unten links an einer Tafel eine italienische Dedication an Michelangelo Ricci vom Stecher: Giouanni Dughet, rechts von der Tafel: Nic. Poufsin Inue:
H. 13" 3''', Br. 18" 1'''.

158) Dieselbe Darstellung.

Links unten: N. Poussin, pinx. rechts am Fuss des Brunnens: F. Chauveau Sculp. et ex. Cum privil. Reg. 1667.
H. 12" 1''', Br. 16" 8'''.

159) Dieselbe Darstellung.

Im Unterrand ein Wappen. Mit der Adresse: Ste. Gantrel excudit. C. P. R.
H. 13'', Br. 16" 6'''. Zani.

160) Dieselbe Darstellung.

Von der Gegenseite, aber mit drei Engeln an Stelle der Egyptier und ohne den Esel. Unten: Poussin Pin. A Paris chez Quenaut proche S. Hilaire.
H. 14" 1''', Br. 17" 7'''. Zani.

161) Der Kindermord.

Früher in der Gallerie Giustiniani zu Rom, dann bei Luc. Bonaparte.

Auf einem rechts hinten durch einen niedriger gelegenen Palast oder Tempel und links durch zwei gewaltige Säulen begrenzten Platz hat links vorne ein Henker seinen rechten Fuss auf die Brust eines am Boden liegenden Knaben gesetzt, während er sein Schwert mit der Rechten schwingt, um dem Kopfe des Kindes den tödtlichen Streich zu versetzen; die knieende Mutter sucht in wilder Verzweiflung vergebens ihn zurückzuhalten. Hinter letzterer schreitet, laut zum Himmel klagend, ihr Haar reissend, eine zweite Mutter mit ihrem todten Kinde im Arme. Weiter zurück, links und rechts hinter dem erhöhten Vorplatz gewahren wir noch drei andere, nicht in ganzer Figur sichtbare Mütter. Im Unterrand: A LUCIANO BONAPARTE Salvete Flores Martyrum — — — links unter dem Boden der Vorstellung: Nicolaus Posinus pinxit in der Mitte: Stephanus Tofanelli delineavit rechts: Joannes Folo incisit, et vendit.
H. 16" 8''', Br. 21" 1'''.
I. Vor der Schrift. *II. Mit Nadelschrift. III. Mit ausgefüllter Schrift.

162) Dieselbe Darstellung.

In der Mitte des Unterrandes: LA STAGE DELL' INNO-

CENTI darunter: In Roma presso Venanzia Monaldini — '— — links: N. Pufsino pinx. rechts: P. Bettelini sculp.
H. 13" 4''', Br. 16" 1'''.
*I. Vor der Schrift, nur mit den mit der Nadel gerissenen Künstlernamen.
II. Mit unausgefüllter Unterschrift. *III. Mit ausgefüllter Schrift.

163) Dieselbe Darstellung.

Von der Gegenseite. In Aquatinta. Links unten: Fragonard del. in der Mitte: du Poussin au Palais Justiniani a Rome rechts: Saint Non sc. 1771.
H. 4" 11''', Br. 6" 6'''.

164) Derselbe Gegenstand, anders.

Figurenreichere Composition. Die grausige Begebenheit ereignet sich hier auf dem Platze vor einem Palaste und links hinten in der Säulenhalle eines Tempels oder Palastes, welche Gebäude die Aussicht in den Grund verschliessen. Drei Henker, zwei mit Dolchen, einer, rechts, mit kurzem Schwert, vollziehen vorne den grausigen Befehl; umsonst ist die Gegenwehr der Mütter, zwei bereits getödtete Knaben liegen links auf dem Boden, ihr Mörder schreitet über eine, wie es scheint von ihm zu Boden geworfene, am Haar gepackte, widerstrebende Mutter, um ihrem in der Mitte liegenden Knaben den Todesstoss zu geben. Im Unterrand: TUNC HERODES .... IRATUS EST — — — links: Nicolaus Poussin pinxit in der Mitte: Bernardinus Nocchi delin. rechts: Joannes Volpato sculp. et vendit Romae Petrus Bettelini perfecit.
H. 16" 10''', Br. 21" 8'''.
I. Vor der Unterschrift. II. Mit unausgefüllter Unterschrift. *III. Mit ausgefüllter Schrift.

165) Johannes tauft im Jordan.

Im Louvre. Gemalt für Chev. Cassiano del Pozzo.

Die feierliche Handlung geschieht im Vorgrund auf dem Ufer des Flusses; Johannes steht in der Mitte und giesst auf den Kopf des einen der beiden vor ihm knieenden Juden das heil. Taufwasser aus einem Napf; ein Jüngling hält das reiche Gewand des hinteren dieser Täuflinge. Links zwei Mütter mit zwei kleinen Kindern, eine Frau und ein junges Mädchen, rechts, Johannes zunächst, drei zuschauende Juden, ein junger Mann zu Pferde und zwei andere, welche ihre Kleidung ausziehen, um die Taufe zu empfangen. Von zwei Platten. Links unten im Boden: Nic. Poussin Pinx. Fast in der Mitte des Unterrands und des Bodens das Colbert'sche Wappen, zu beiden Seiten desselben eine

lateinische Dedication an Colbert, unter dieser Dedication links:
G. Audran fculp. et excudit cum Priuil. Regis — — —
aux 2 Piliers dor. links von der Widmung: Jean auroit
vn habilliement de poils — — — rechts: Joannes
habebat vestimentum — — —
H. 25" 4''', Br. 32" 2'''.
I. Vor der Adresse: aux 2 Piliers dor. *II. Mit derselben. Die Chalcographie im Louvre bewahrt die Platte.

*166) Dieselbe Darstellung.

Von der Gegenseite. Im Unterrand: Jean auroit vn habilloment — — — links: Pouffin pinxit rechts: Se vend chez G. Audran — — — aux 2 piliers dor.
II. 16" 5''', Br. 22" 6'''.
Nach Mariette von Benoit Audran unter Gerard Audran's Leitung gestochen.

167) Dieselbe Darstellung.

Von der Gegenseite. Mit: E. Jeaurat sculp. 1709. Im Unterrand ein lateinischer und französischer Titel. Mit der Adresse: A Paris chez Picart le Romain.
H. 10" 4''', Br. 12".

168) Dieselbe Darstellung.

Unten: Poussin Pinx. I. E. Cars rue S^t. Jacques au nom de Jesus und im Unterrand eine lateinische und französische Unterschrift.
H. 15" 8''', Br. 19" 4'''. Zani.

169) Dieselbe Darstellung.

Mit einigen Abänderungen. Unten: Nic. Poussin pinx. P. Devoux (Devaux?) sculp.
H. 17" 6''', Br. 25" 2'''. Zani.

*170) Dieselbe Darstellung.

Rechts vorne nur ein Mann, welcher seine Kleidung auszieht, der zweite und ein Knabe bei diesem sind weggelassen. Links unten: Poussin Pinx. Chez Est. Gantrel — — —
St Maur.
H. 15", Br. 19" 2'''.

*170a) Dieselbe Darstellung.

In punktirter Manier von A. Verico gestochen 1818. ET BAPTIZABANTUR — — — Mit N. Pagni's Adresse.
H. 13" 9''', Br. 18" 6'''.

*171) Derselbe Gegenstand, anders.

Johannes, in Profil nach rechts gekehrt, steht links und vollzieht die feierliche Handlung an drei Juden, von welchen der vordere sich auf das eine Knie niedergelassen hat; er benetzt den kahlen Scheitel des mittleren vermittelst einer Muschel. Vorne am Boden liegt ein Gewand. In der Mitte unten: Nic. Poussin. Inu.
Radirung eines gleichzeitigen Meisters.
H. 9" 3''', Br. 6" 8'''.

Sandrart bemerkt in seiner Akademie — und Sandrart dürfte in diesem Punkte für unterrichtet gelten — dass Poussin ein Blatt aus der Folge der Sacramente radirt habe. Wir halten zwar nicht unbedingt das beschriebene für das von Sandrart gemeinte Blatt, wollen aber bei dieser Gelegenheit auf die bis jetzt unbekannte Notiz bei Sandrart hinweisen.

*172) Dieselbe Darstellung.

Ebenfalls aus der Zeit des Meisters und nur in Nebendingen abweichend. Man sieht hier links gegen oben auf dem jenseitigen Ufer des Jordans einen Baum. Unten in der Mitte nach rechts hin: Nic Poussin Inu. grösser geschrieben als auf dem vorigen Blatt. In der Manier des P. del Po.
H. 9" 4''', Br. 6" 8'''.

*173) Die Taufe Christi.

Jesus kniet hier rechts auf dem flachen Ufer des Jordans und empfängt von Johannes dergestalt die Taufe, dass letzterer ihm das Wasser aus beiden zusammengelegten Händen auf den Kopf träufelt. Hinter diesen heiligen Figuren knieen — einer steht — vier Juden, von welchen einer sein Gewand über den Kopf hinwegzieht. Rechts oben die heilige Taube. Landschaft mit weiter Ferne. Ohne Schrift und Bezeichnung. Radirung des P. del Po.
H. 10" 11''', Br. 15" 6'''. Bartsch, P. del Po, No. 7.

*174) Dieselbe Darstellung.

Von der Gegenseite. Im Unterrand links: N. Poussin Pinxit Malbouré ex. in Aula Albretiaca. rechts: P. van Somer sculpsit.
H. 10" 10''', Br. 15" 8'''.

175) Derselbe Gegenstand, anders.

Johannes, nach rechts gekehrt, kniet links auf dem folsigen Ufer des Jordans und legt, während er den Blick zu Gott Vater emporrichtet, der rechts oben auf Gewölk mit ausgebreiteten Armen und von zwei kleinen Engeln begleitet, erscheint, die linke Hand auf das Haupt des nackten, mit dem einen Fuss im Jordan stehenden Heilandes. Im Unterrand: Jesu baptisato et orante — — — links darunter: N. Poussin, Pinxit. J. Pesne, delin. et sculp. rechts: A Paris ches Van Merle — — —

H. 10" 9"', Br. 8" 3"'. Rob. Dum., J. Pesne, No. 10.
*I. Vor aller Schrift. Fehlt in Rob.-Dum. II. Mit der Schrift und mit Hallier's Adresse, die links unten im Wasser und rechts unten im Unterrand steht. III. Mit van Merlen's Adresse an Stelle der des Hallier im Unterrande.

Derselbe Gegenstand, anders.

Gestochen von J. Pesne, J. Dughet und L. Chatillon. Siehe die Sacramente.

176) Christus und die Samaritanerin.

1661 für Mr. de Chantelou gemalt.

Christus sitzt links bei dem Brunnen und spricht mit der auf der andern Seite des Brunnens stehenden Samaritanerin. In der Mitte des Grundes, den ein mächtiges Gebäude schliesst, sieht man die Jünger daherkommen. Im Unterrand: Dicit ei Jesus, vade voca virum — — links: N. Poussin Pinxit rechts: J. Pesne delineauit et fculpsit cum Priuil. Regis.
H. 11" 8"', Br. 16" 2"'. Rob. Dum., J. Pesne, No. 17.
I. Vor der Schrift. *II. Der beschriebene Zustand. Fehlt Rob. Dum. III. Hinter der Unterschrift steht noch: Ex musaeo domini De Chantelou Parisijs. IV. Mit der lateinischen Adresse von Malbouré. V. Diese Adresse ist französisch und lautet: Malbouré ex cour d'Albret proche St. Hilaire. Fehlt Rob. Dum., wie auch der folgende Etat. VI. Diese Adresse ist abermals verändert und lautet jetzt: à Paris chez Malbouré rue St. Jacques. VII. Die Platte ist bis sur Vorstellung beschnitten, Malbouré's Adresse entfernt und im Boden liest man links: N. Poussin Pinxit, J. Pesne sculpsit C. P. R.

177) Dieselbe Darstellung.

Gestochen von Joh. Hainzelmann.
H. 17" 3"', Br. 21" 3"'. Zani.

180) Dieselbe Darstellung.

Ohne Namen des Stechers, nur mit Drevet's Adresse. Gr. qu. fol.

Nach Defer hat auch Andriot diesen Gegenstand gestochen.

181) Christus heilt die beiden Blinden.

Im Louvre. 1656 für Kaufmann Reynou zu Lyon gemalt.

Das Wunder begiebt sich im Vorgrund einer Landschaft mit

Prachtgebäuden im Mittelgrund am Fusse einer Felsmasse mit einem Castell oben. Der Heiland, von drei Jüngern gefolgt, hat sich, von der Rechten hergekommen, der Mitte des Blattes genähert, wo die beiden Blinden, die links bei der Thür eines Hauses ihn erwartet haben, der eine hinter dem andern, niedergekniet sind; Christus berührt mit der Rechten das Auge des ihm zunächst knieenden. Hinter diesen Blinden sieht man vier zuschauende Juden und links eine Frau mit einem Kind auf dem Arme. Rechts unten im Boden: G. Chasteau fculpsit. Im Unterrand: Jesus fortant de Jericho — — — Egrediens Jesus ab Jericho — — — darunter: Dapres le Tableau du Poussin — — — ad Tabulam Nicol Poussin — —
H. 14" 3"', Br. 19" 2"'. Cab. du Roy.
*I. Vor der Schrift im Unterrand, wo in der Mitte das Colbert'sche Wappen, das wieder weggeschliffen wurde. *II. Mit der Schrift.

*182) Dieselbe Darstellung.

Von der Gegenseite. Im Unterrand: Jesus fortant de Jericho — — — Egrediens Jesus ab Jericho — — — links: N. Poussin pinx. rechts: L. Audran exculp. Unter der Unterschrift in der Mitte: a Paris chez la veuve Audran — — —
H. 8" 11"', Br. 12" 11"'.
Die früheren Abdrücke sind vor der Adresse der Wittwe Audran.

*183) Dieselbe Darstellung.

Von der Gegenseite. Im Unterrand: Egrediens Jesus ab Jericho — — — rechts: N. Poussin pinxit. in der Mitte unter dem Titel: A Paris chez Picart le Romain —
H. 19", Br. 25" 4"'.

184) Dieselbe Darstellung.

Von der Gegenseite. Mit einigen Veränderungen im Grunde. Unten: Poussin pinx. — Coypel ex. C. P. R.
H. 14" 4"', Br. 19". Zani.

*185) Dieselbe Darstellung.

Nur die Figurengruppe ohne die drei Jünger hinter Christus und ohne den landschaftlichen Grund. Links unten: NIC. POVSSIN IN. Anonyme Radirung eines gleichzeitigen Meisters, vielleicht von J. Dughet oder P. del Po.
H. 6" 7"', Br. 9" 3"'.

186) **Die Ehebrecherin vor Christus.**

Im Louvre. Für Mr. Le Nôtre um 1653 gemalt.

Das Ereigniss begiebt sich im Vorgrund eines von Gebäuden umgebenen Platzes in Jerusalem. Die angeklagte Frau, voll schmerzhaften Ausdrucks im Gesicht, kniet in der Mitte dem Heiland gegenüber, welcher mit beiden Händen auf sie zeigt, während er seine vorwurfsvollen Worte gegen die rechts und links stehenden Juden richtet, von welchen sich einige, bestürzt oder erbost über diese Worte, bereits entfernen. Zwei Juden, links, sind bemüht, die Inschrift im Boden vor den Füssen des Heilandes zu lesen. Eine Frau, mit einem Kinde im Arme, schaut, in einiger Entfernung zurück stehend, theilnahmsvoll der Scene zu. Links unten im Boden: N. Poussin pinxit. In der Mitte des Unterrandes das Colbert'sche Wappen, zu beiden Seiten desselben eine lateinische Dedication vom Stecher Ger. Audran, darunter: L'original ce conserue — — — Graué par Audran — — · aux 2. Piliers dor. links: Les Chribes et les Pharisiens — — — rechts: Adduxerunt ad Jesum Scribac — — —

H. 14" 8''', Br. 23" 3'''.

I. Vor der Schrift und dem Wappen. II. Mit der Schrift, aber vor den Punkten rechts im Rand dem Fuss des sich entfernenden Juden gegenüber
*III. Mit diesen Punkten, welche bestimmt waren, das Hundert der Abdrücke anzuzeigen.

Die Chalcographie im Louvre bewahrt die Platte.

*187) **Dieselbe Darstellung.**

Unten in der Mitte des Bodens das Colbert'sche Wappen. Im Unterrand: Qui sine peccato est — — — links: Poussin pinxit Van' fomer f. rechts: Malbouré ex. in aula a]bretiaca prope f. Hilarium.

H. 14" 1''', Br. 19" 10'''.

188) **Dieselbe Darstellung.**

Unten: N. Poussin pinxit Steph. Gantrel excudit cum privil. Regis. Cornelius Marinus Vermeulen scul. (1679) im Unterrand: Nolenti mortem — — ·

H. 17" 9''', Br. 21" 6'''.

*189) **Dieselbe Darstellung.**

Von der Gegenseite. Im Unterrand: Les Scribes, et les

Pharifiens amenérent — — — links darüber: Poussin pinxit rechts: A Paris chez Mondhare — — G. Audran Sculp.
H. 9" 4''', Br. 12" 11'''.

Spuren einer weggeschliffenen Schrift unter der Adresse lassen schliessen, dass es einen früheren Abdruck mit anderer Adresse geben müsse.

190) Dieselbe Darstellung.

Von der Gegenseite. Unten: Fonbonne sculp. 1709. Mit lateinischer und französischer Unterschrift.
H. 9" 8''', Br. 13" 8'''.

191) Dieselbe Darstellung.

Mit: Poussin pinxit. Chez F. Chereau — — — und dem Titel: Les Scribes — — — im Unterrand.
H. 10" 1''', Br. 13". Zani.

192) Dieselbe Darstellung.

Im Unterrand: A Paris rue S. Jacques a Limage S. Maur.
H. 9" 11''', Br. 12" 5'''. Zani.

193) Dieselbe Darstellung.

Von Ant. Verico in punktirter Manier gestochen. Mit der Unterschrift: Qui sine peccato — — — Qu. fol.

194) Dieselbe Darstellung.

Gestochen von Thomassin. Qu. fol.

195) Christus bei Simon zu Gast.

In oder vor einer offenen Säulenhalle liegen auf drei Ruhebetten um den gedeckten, in der Mitte stehenden Tisch die Gäste, drei auf jedem Ruhebett, welche auf den Seiten und hinter dem Tische stehen. Jesus ruht links vorne und segnet das knieende Weib, das seinen Fuss mit Salbe benetzt hat und nun mit seinem Haar trocknet. Auf den Seiten auf- und abtragende Diener und Dienerinnen. Links unten im Rand: N. POVSIN INVENTOR Rome. Anonymes Blatt in Le Pautre's Manier.
H. 10" 1''', Br. 12" 9'''.

Im Katalog Paignon Dijonval ist dieselbe Darstellung — ob das beschriebene Blatt im späteren Abdruck? — mit der Adresse: Giacomo Rossi etc. aufgeführt.

Derselbe Gegenstand, anders.

Gestochen von J. Pesne, J. Dughet und Anderen.
Siehe die Sacramente.

196) Christus übergiebt Petrus die Schlüssel.

Die Scene ereignet sich im Vorgrund einer hügeligen Landschaft; Jesus steht links vorne, und übergiebt mit der Rechten, während er die Linke emporstreckt, dem vor ihm knieenden Petrus die Schlüssel. Die übrigen Jünger sind durch den übrigen Theil des Vordergrundes vertheilt. Punktirtes und gestochenes Blatt. Im Unterrand: QUODCUMQUE LIGAVERIS SUPER — — — darüber links: Nicolò Pussino dip. in der Mitte: Michele Keck dis. rechts: Alessandro Contardi inc. Unter dem Titel links: Depositato alla Biblioteca Imperiale rechts: Livorno presso Domenico del Negro.
H. 8", Br. 33".
I. Vor der Schrift. II. Mit unvollendeter oder unausgefüllter Schrift.
* III. Mit vollendeter Schrift.

197) Dieselbe Darstellung.

Unten auf der Seite, wo der Heiland steht: P. V. Somer fe. im Unterrand: N. Poussin Invenit. Malbouré excudit — — — Quodcunque — — —
H. 11" 9'", Br. 15" 8'". Zani.

Das Leiden Christi.

Eine Folge von 14 Blättern in Folio-Grösse. Sie sind von Cl. Stella gestochen, angeblich nach Zeichnungen N. Poussin's. Es sind aber Zeichnungen des J. Stella, des Nachahmers von Poussin.

198) Das heilige Abendmahl.

Im Louvre. Gemalt für Louis XIV. für die Kirche Saint-Germain-en-Laie.

Die Composition weicht von der Tradition ab. Im Innern eines Tempels sieht man vor und zu den Seiten eines Altars, über welchem eine Lampe mit zwei Flammen hängt, die Jünger knieen und stehen; Jesus, rechts stehend, hält in der Linken eine Schüssel mit kleinen Broten, während er mit der Rechten segnet. Auf dem Altar steht der Kelch. Petrus kniet rechts gegen vorne. Im Unterrand links: N. Pouffin Pinxit. Lombart Sculp. rechts: Steph. Gantrel ex. Cum Priuil. Regis.
H. 18" 4'", Br. 15" 9'".
I. Mit Le Blond's Adresse. * II. Mit Gantrel's Adresse.
Vergleiche ferner die Sacramente.

*199) Ecce Homo.

Rundes Blatt. Der Heiland ist in halber Figur, von vorne, ein wenig nach links gewendet vorgestellt, er richtet seine Augen aufwärts, hat die Hände schräge übereinandergelegt und hält mit der rechten das Rohr. Zu seiner Rechten brennt eine Kerze. Unbezeichnete Radirung des P. del Po.
Durchmesser: 8" 2"'. Bartsch, P. del Po, No. 9.

200) Die Kreuzigung.

Gall. des L. Dundas. 1646 für den Präsident J. A. de Thou gemalt.

Das Kreuz mit dem Heiland ist in der Mitte, die Kreuze mit den beiden Schächern, sind links und rechts befindlich; Johannes, die Mutter des Heilandes und zwei heilige Frauen stehen rechts zwischen dem Kreuz des Heilandes und des einen Schächers, vor dem Fusse des letzteren Kreuzes sitzt eine dritte heilige Frau. Links vorne die um das Gewand Christi würfelnden Kriegsknechte. Links unten im Boden: N. Pouffin Pinxit ex Mufaco Anth!? Stella Parifijs. dahinter: Claudia Stella fculp. et excud. cum Priuil. Regis. 1674. 2 Platten.
H. 20"' 7"'; Br. 28" 10"'.

*Die zweiten Abdrücke haben die Adresse: A Paris chez Roguie — — — in der Mitte des Unterrandes, dagegen sind die Worte von „et excud" und die Jahreszahl in der ersten Adresse entfernt.

201) Dieselbe Darstellung.

Mit einer lateinischen und französischen Unterschrift und der Adresse: Steph. Gantrel exc. via Iacobea. qu. fol.

202) Dieselbe Darstellung.

In der Mitte des Unterrandes: Confummatum eft. — — — links: Poussin pinxit rechts: a Paris chez Audran — — — auec priuil. du Roy.
H. 9" 4"'. Br. 13" 1"'.

*203) Die Abnehmung vom Kreuz.

In der Eremitage zu St. Petersburg.

Gruppe von vier Figuren und zwei kleinen Engeln; letztere befinden sich rechts bei den Füssen des todten Heilands, der von St. Johannes unter den Achselhöhlen gehalten wird, während Maria, hinter dem Leichnam stehend, die Hände zusammenlegt, sich vornüber neigt und mit schmerzhaftem Ausdruck ihren geliebten Sohn betrachtet. Rechts am Fusse des Kreuzes, gegen welches eine Leiter lehnt und von welchem ein grosses Tuch herabhängt, sitzt eine weinende heilige Frau. Im Unterrand zu beiden Seiten des gräflich Brühlschen Wappens: JOSEPH DE-POSITVM JESUM — — — Gravé d'après le Tableau — — — — darunter: a Paris chez Audran — — — links über der Unterschrift: Peint par N. Poussin, rechts: Gravé p. B. Audran.

H. 16" 5'", Br. 11".

*204) Dieselbe Darstellung.

Von der Gegenseite und oben abgeschnitten. Unten im Boden: N. Poussin pinx. gegen rechts: F. Chauveau fculp. et ex. Cum privil. Regis und dahinter wie es scheint eine gelöschte Jahreszahl (1667?)

H. 11" 9'", Br. 9", 9'".

Dieselbe Darstellung ist nach Smith auch von Picart gestochen.

205) Die Grablegung.

Gall. des Herzogs von Hamilton.

Der todte Heiland liegt vorne ausgestreckt auf dem Boden, sein Kopf wird von dem rechts knieenden, weinenden Johannes mit der Linken unterstützt, der zugleich mit der Rechten den rechten Arm des Erlösers hält, dessen Hand die knieende Magdalena mit ihren Thränen benetzt. Die heilige Mutter steht zwischen der letzteren und Johannes; links eine dritte heilige Frau. Joseph von Arimathia, links in der Thür des Grabes, scheint die Angehörigen Christi aufzufordern, Abschied vom Entseelten zu nehmen. Im Unterrand: Dolebunt super eum vt doleri, — — — links; N. Poussin Pinxit, rechts: J. Pesne fculpsit et ex. cum Priuil. Regis.

H. 12", Br. 16" 8'". Rob. Dum., J. Pesne, No. 18.

I. Mit den Künstlernamen, aber vor der Unterschrift und den Buchstaben J P links unten im Boden. Fehlt in Rob. Dum. II. Mit der Unterschrift, aber noch vor den genannten Buchstaben. *III. Mit denselben. IV. Der Titel: Dolebunt — — — weggeschliffen. Die Platte fast in allen Theilen retouchirt. V. Rechts am Stein das Wappen des Mr. de Maboul. Diese Abdrücke dienten zur Verzierung einer These. VI. Ohne das Wappen. Mit Malbourt's Adresse.

*206) Derselbe Gegenstand, anders.

Der Heiland liegt links vorne, mit dem Oberkörper höher, auf einem Tuch; Johannes, der die Hände faltet und ihn schmerzvoll betrachtet, kniet hinter ihm zu seiner Linken und Maria steht bei Johannes in der Mitte des Vorgrunds. Links ein wenig weiter zurück steht eine vierte Figur in der Thür des Grabes. Unten links im Boden: Pouffin Inu. darunter: A paris chez Quenaut proche S. Hilaire.

H. 10" 11'", Br. 12" 9'".

207) Derselbe Gegenstand, anders.

Gall. zu München.

Der todte Heiland liegt ausgestreckt mit dem Oberkörper auf dem Schooss der an der Erde sitzenden heil. Jungfrau, die, vor Schmerz ohnmächtig geworden, umzusinken beginnt; eine bei ihr sitzende heilige Frau streckt die Arme aus, um sie zu unterstützen. Hinter Maria ist Joseph von Arimathia am Grabe beschäftigt, auf dessen Rand rechts Johannes, den Blick gen Himmel richtend, sitzt. Links bei den Füssen des Heilandes zwei kleine Engel. Unten im Rand: N. Poussin Inve. R. V. (Rem. Vuibert) sculpsit Parisiis 1643. Posuerunt eum

H. 9" 10''', Br. 14''. Rob. Dum., Rem. Vuibert, No. 28.

*) Wir kennen einen Abdruck ohne Vuibert's Zeichen, aber mit N. Poussin Inven. Roussel excud. Cum Privilegio Regis links unten im Boden.

*208) Dieselbe Darstellung.

Unten links: N. Pouffin Pinxit Steph. Gantrel Sculp. et ex. C. P. R.

H. 16" 10''', Br. 21" 5''' ohne die Einfassungslinien.

*209) Dieselbe Darstellung.

Von der Gegenseite. Lithographie von Ferd. Piloty. Mit deutscher und französischer Unterschrift.

H. 15" 9''', Br. 22" 9'''.

210) Die Klage um den todten Heiland.

Maria steht links. Der Heiland liegt am Eingang zum Grabe, welches man rechts sieht. Ohne Schrift und Bezeichnung. Radirung des P. del Po.

H. 10" 9''', Br. 8" 4'''. Bartsch, P. del Po, No. 11.

*211) Derselbe Gegenstand, anders.

Der Heiland liegt in der Mitte vorne auf einem Tuch auf dem Boden, seine Kniee sind gegen den Beschauer gekehrt. Maria Magdalena, links kniend, benetzt seine Rechte mit ihren Thränen; zwischen dieser und der rechts in Ohnmacht sinkenden, von Johannes unterstützten heiligen Mutter eine dritte weinende heilige Frau, ebenfalls kniend; hinter Johannes ist noch der Kopf einer vierten Frau sichtbar. Ein Fels versperrt rechts die Aussicht in den Grund. Links unten im Boden: N. P. In. im Unterrand eine lateinische Dedication an Abt Philibert Hyacinth Filippe vom Verfertiger Nic. Pinson, der sich mit den Worten:

Nicolaus Pinsonus. ex Valentia in Gallia unterzeichnet hat.
H. 7" 4''', Br. 10" 1'''. Rob. Dum., N. Pinson, No. 1, hat das Blatt nur genannt, nicht beschrieben.

*212) Christus als Gärtner.

Um 1653 für Mr. Pointel gemalt.

Christus steht rechts vorne in einem Garten, er hat den linken Fuss auf einen Spaten gesetzt, mit welchem er Rüben ausgräbt, und streckt die Rechte wie abwehrend gegen die knieende, in Profil gesehene Maria Magdalena, welche ihre Arme ausbreitet. Ohne Schrift und Bezeichnung. Radirung des P. del Po.
H. 10" 8''', Br. 8" 7'''. Bartsch P. del Po, No. 12.

213) Die Apostel Petrus und Paulus heilen den Lahmen.

Gall. des W. Wilkins. 1655 für Mr. Mercier in Lyon gemalt.

Die Apostel stehen in der Mitte auf der Treppe des Tempels, vor dessen Eingang links zwei gewaltige Säulen stehen; der Lahme liegt auf der Treppe, Johannes fasst ihn am Arm. Links auf den Stufen der Treppe sieht man eine arme Frau mit einem nackten Kind, welcher ein die Treppe betretender Mann ein Almosen reicht; zwei Männer, ein Knabe und eine Frau mit einem Korb auf dem Kopf schreiten rechts die Treppe auf und nieder. Andere Figuren gewahren wir in der Umgebung der Apostel auf der Treppe. Unten links: N. Pouffin pinxit ex musaeo Ant.¹⁾ Stella parisijs. in der Mitte: Claudia Stella foulp. et excud. cum priuil. Regis 1679.
H. 18" 7''', Br. 24" 8'''.
I. Vor dem cum priuil. Regis, hinter der Adresse. *II. Mit diesem Zusatz. III. Mit Gantrel's Adresse. IV. Mit Drevet's Adresse.

214) Dieselbe Darstellung.

Von der Gegenseite. Unten links: N. Poussin pinxit. rechts: Poquet Sculps. Parisiis. im Unterrand: Petrus et Joannes, ascendentes — — — darunter: A Paris chez Du Change — — — a Amsterdam, chez B. Picart le Romain, dans le Nes.
H. 9" 1''', Br. 12" 6'''.

215) Dieselbe Darstellung.

Von derselben Grösse, mit derselben Titel-Unterschrift, aber mit: B. Picart sculp. direxit. bezeichnet.
Die zweiten Abdrücke dieses Blattes tragen die Adresse der Wittwe des F. Chereau.

216) Dieselbe Darstellung.

Copie nach Cl. Stella's Blatt, mit der Adresse von Wolff in Augsburg.

217) Der Tod der Sapphira.

Im Louvre. Für Mr. Frem. de Venne gemalt. Links auf der Treppe eines Gebäudes stehen Petrus, Johannes und ein dritter Apostel, ersterer zeigt nach der hingesunkenen, im Sterben begriffenen Sapphira, die von einer Frau und einem Manne gehalten wird; hinter der hülfeleistenden Frau gewahren wir einen anderen Mann und eine Frau, auf deren Gesichtern sich Schrecken - und Angst ausdrücken und rechts noch eine dritte Frau mit einem Kind unter dem Arm in abwehrender Bewegung. Im Unterrand: Sapphira Super agri Venditi — — — links: N. Poussin pinxit. Ex Musaeo Jan Fremont D. de Venne. rechts: Joan Pesne sculpsit cu. priuil. Regis.
H. 16", Br. 25" 7"'.
I. Vor der Schrift. * II. Beschrieben. III. Mlt: Gravé. par J. Paipe, d'après le tableau du Poussin qui est au Cabinet du Roy. rechts im Unterrand, und mit Drevet's Adresse.

*218) Dieselbe Darstellung.

Von der Gegenseite. Links vorne auf dem Boden: Peint par Nicolas Poussin a Rome. A Paris Chez Vallet Graveur au Roy — — Auec Priuilege.
H. 16" 9"', Br. 20" 10"'.

*219) Dieselbe Darstellung.

Von der Gegenseite. Unten links: N. Pouffin pinxit. Steph. Gantrel ex. C. P. R. rechts: N. Pouffin pinxit F. Andriot fculp. Im Unterrand eine lateinische und französische Beschreibung.
H. 17" 6"', Br. 25" 2"'.

*220) Dieselbe Darstellung.

Von der Gegenseite. Im Unterrand: Sapphira Super agri — — — links: N. Poussin pinxit rechts: L. Audran Sculps. unter dem Titel die Adresse der Wittwe des G. Audran.
H. 8" 10"', Br. 12" 8"'.

221) Dieselbe Darstellung.

Von der Gegenseite. Im Unterrand in der Mitte: LA MORT

DE SAPPHIRE. links unter der Vorstellung: Peint par N. Poufsin. in der Mitte: Défsiné par Bouillon. rechts: Gravé par R: U: Mafsard.

H. 9" 1''', Br. 14" 9'''. Musée Napoleon.
I. Vor der Schrift. II. Der Titel in unausgefüllter Schrift. III. Mit ausgefüllter Schrift.

222) Paulus und Barnabas vor Sergius Paulus.

Der Landpfleger sitzt rechts auf einem Thron unter einem Vorhang, drei Räthe stehen vorne zur Seite des Throns, einige Lictoren und zuschauendes Volk in der Mitte des Blatts auf der anderen Seite. Die beiden Apostel sind von der Linken her durch zwei Soldaten vor den Landpfleger geführt, Paulus breitet die Arme aus, während er den Blick aufwärts richtet, er hat so eben den Zauberer Elymas mit Blindheit gestraft, den man zu seiner Linken in tappender Weise beide Arme gegen den Landpfleger hin ausstrecken sieht. Links unten im Boden: N. Poussin pinxit. Steph. Gantrel ex. C. P. R.
H. 17", Br. 23" 9"'.

223) Paulus und Silas werden gestäupt.

In der Mitte sitzen in einer erhöhten Säulenhalle und unter einem Vorhang die drei Obersten von Philippi, welche den Befehl ertheilt haben, Paulus und Silas zu geisseln; hinter diesen Obersten stehen acht Männer. Die Ausstäupung der Apostel ereignet sich links und rechts vorne. Paulus, links, ist zu Boden gestürzt, ein Mann mit einer Gerte in der Hand kniet auf ihm und packt ihn am Gewand vor der Brust; Silas, rechts, mit gebundenen Händen, wird durch einen Krieger fortgeschoben, während ein Mann ihn hinten im Haar packt und die Gerte schwingt, um auf seinen nackten Rücken einzuhauen, ein zweiter Mann, ebenfalls mit einer Gerte in der Hand, stemmt sich seinen Schritten entgegen. Rechts im Grund in einem Thor mehrere Zuschauer. Im Unterrand zu beiden Seiten eines Wappens der Titel: Et Magistratus Philipporum — — darunter eine Dedication an Abt Christoph de Colanges. Unten im Boden um die Mitte: N. Poussin In: F. Bourlier et excudit Parisiis. cum Priuil. Reg. Chri. rechts: I lo Pautre sc. Zwischen den Worten Bourlier und et excudit ist ein Wort weggekratzt.
H. 12" 2''', Br. 16".

*224) Die Vision des Apostels Paulus.

Im Louvre.

Der Apostel mit ausgebreiteten Armen, den Blick himmelwärts richtend, wird durch drei vor Gewölk schwebende Engel gehalten; er ist nach links gewendet. Rechts unten am Fuss eines Pfeilers: NIC. PONS. Unbezeichnete Radirung des P. del Po.

H. 16" 7''', Br. 12" 1'''. Bartsch, P. del Po, No. 18.

* 225) Dieselbe Darstellung.

Von der Gegenseite. Im Unterrand: Sainct Paul enloué — — — Sanctus Paulus raptus — — — darunter links: Graué sur le tableau — — — rechts: G. Chasteau foulp.

H. 18" 3''', Br. 10" 10'''. Cab. du Roy.

226) Dieselbe Darstellung.

Von der Gegenseite. Im Unterrand: RAVISSEMENT DE ST PAUL. links: PEINT PAR N. POUSSIN. in der Mitte über dem Titel: Tableau appartenant au Muséo. rechts: GRAVÉ PAR LAUGIER 1841. Links unten im Unterrand: Edité par Hauser, B^d. des Italiens, 11. rechts: Imprimé par Sauvé.

H. 24", Br. 18" 6'''.
I. Vor der Schrift. * II. Mit unausgefüllter Schrift. III. Die Schrift vollendet.

227) Derselbe Gegenstand, anders.

Zweifelhaft. Paulus wird durch zwei Engel gehalten. Oben sieht man fünf Cherubim und unten einen kleinen Engel, welcher ein Schwert hält. Ohne Bezeichnung. fol.

Kat. Paignon Dijonval.

228) Derselbe Gegenstand, anders.

Gall. des G. Watson Taylor. Für Mr. de Chantelou gemalt.

Der Heilige, mit ausgebreiteten Armen und himmelwärts schauend, ist hier von vorne zu sehen, er schwebt vor Gewölk durch zwei grosse und zwei kleine Engel gehalten. Im Unterrand eine französische Dedication an Mr de Chantelou vom Verfertiger des Blatts, J. Pesne, links darunter: N. Poussin Pinxit auec Priuil. du Roy.

H. 15" 3''', Br. 11". Rob. Dum., J. Pesne, No. 12.
* I. Vor der Adresse des Le Blond. Nicht in Rob. Dumenil. II. Mit der Adresse unter der Dedication. III. Diese Adresse ist unten am Himmel nochmals wiederholt. IV. Retouchirt. Le Blond's Adresse am Himmel ist entfernt. V. Die Platte wurde unten im Rand zwischen den Sätzen auec Priuil. du Roy und Le Blond Exc. geklopft, oder bucklig was sich im Abdruck bemerkbar macht.

229) **Dieselbe Darstellung.**

Gestochen von F. Dughet und del Pozzo dedicirt. fol.

230) **Dieselbe Darstellung.**

Im Unterrand zu beiden Seiten eines Wappens: **Et scio huiusmodi Hominem — — — links darüber: Poufsin Pinxit. Natalis fecit.** rechts: **P. Mariette excudit Cum privilegio Regis.**
H. 15" 6''', Br. 11" 5'''.
I. Vor der Schrift. II. Mit einer Dedication an Lewis Hesselin von Valdor.
*III. Oben beschrieben.

*231) **Dieselbe Darstellung.**

In rundem Rahmen, an welchem unten steht: **Nicol. Poussin Inv. Pinxit Ex musaeo D. de Chantelou. — Simon Thomassin del. et sculpsit 1684. C. P. R.** In den Winkeln der Wand ausserhalb der Rundung vier Wappen und unten die nochmals wiederholten Künstlernamen. Da das uns vorliegende Blatt scharf beschnitten ist, so können wir die Schrift im Unterrand, falls es eine solche hat, nicht angeben.
H. u. Br. 21" 7'''.

*232) **Gott Vater auf Wolken.**

In Begleitung von Engeln rechtshin schwebend. Gestochen nach einem Gemälde im Palast des Herzogs Torro zu Neapel von Aug. de St. Aubin und Macret für die Voyage pittoresque d'Italie. Die Zeichnung ist von Fragonard.
H. 5" 6''', Br. 8" 2'''.

Das Leben der heil. Jungfrau.

22 Blätter, von F. Polanzani gestochen, mit dem Titel: VITA DELLA GRAN MADRE DI DIO INCISA — — — DEL CELEBRE PITTORE NICOLO PUSSINO. In Roma 1783 presso Venanzio Monaldini. In Folio.
Die Compositionen sind nicht von Poussin, obschon sein Name auf jedem Blatt steht. Mit lateinischen Unterschriften.

Dieselbe Folge.

24 Blätter mit Einschluss des Titels: NUOVA RACCOLTA DI No. 24 Rami che rappresentano LA VITA DI MARIA SSMA. — — — E fedelmente incisi DA ALESSANDRO MOCCHETTI — — — Mit italienischen Unterschriften. Das erste Blatt, die Vertreibung aus dem Paradies vorstellend, ist nach Fr. Manno gestochen. Kl. fol.

233) **Die Himmelfahrt der heil. Jungfrau.**

Im Louvre. Gemalt für Mr. de Mauroy.

Maria, von vorne, mit ausgebreiteten Armen, aufwärts blickend, entschwebt, von vier Engeln unterstützt, der Erde. Im Unterrand eine Dedication an Mr. de Mauroy vom Verfertiger des Blatts, J. Pesne, darunter links: N. Poussin Pin. gegen die Mitte: Le Blond auco Priuilege du Roy.
H. 19" 3''', Br. 14". Rob. Dum., J. Pesne, No. 11.
* I. Vor Le Blond's Adresse. II. Mit derselben. III. Mit Gantrel's Adresse.

234) **Dieselbe Darstellung.**

Im Unterrand: L'ASSOMPTION. Dessiné et Gravé d'après le Tableau — — — links darunter: à Paris, chez Chaillou-Potrelle, Editeur — — rechts: Deposé au Bureau des Estampes. Links unter der Vorstellung: Peint par N. Poussin in den Mitte: Imprimé par Durand rechts: Defainé et Gravé par Laugier, 1815.
H. 15" 10''', Br. 12" 1'''.
I. Vor der Schrift. II. Mit unausgefüllter, III. mit ausgefüllter Schrift.
IV. Mit Chaillou-Potrelle's Adresse, wie beschrieben.

235) **Dieselbe Darstellung.**

Bettelini sculp. Für das Musée français gestochen.
H. 12" 2''', Br. 9" 8'''.
* I. Vor der Schrift, nur mit den gerissenen Künstlernamen.

*236) **Martyrium des heil. Bartholomäus.**

Der Heilige, dem die Hände über dem Kopf an einem hölzernen Block festgebunden sind, liegt quer über einer Bank; ein Henker ist beschäftigt, seinen Leib aufzuschneiden. Rechts der heidnische Priester, der auf die links zwischen zwei Säulen stehende Statue des Zeus zeigt, hinter diesem ein Krieger zu Pferd. Unter den übrigen anwesenden Personen bemerkt man links hinter einer Barrière einen zweiten Henker, der ein Messer mit einem Stahl wetzt. Oben in der Mitte schweben zwei Engel mit Kränzen, Palme und Lorbeerzweig. Unten links: Pouffin pinxit Romae in der Mitte: J. Couuay fculpfit et excudit — — — Im Unterrand: SANCTVS BARTOLOMEVS, ein Distichon und eine Dedication an N. Poussin vom Stecher.
H. 19''', Br. 12" 6'''.

237) **Martyrium des heil. Erasmus.**

Im Vatican. Um 1651 für St. Peter in Rom gemalt, dann im Palazzo Monte-Cavallo.

Die Composition gleicht sehr der vorigen, es sind zum Theil

dieselben Figuren, in derselben Haltung, aber von der Gegenseite, so dass der Priester hier links steht. Der Heilige, in derselben Lage, ist hier der heilige Erasmus, dem die Gedärme aus dem Leibe gewunden werden. Statt der Statue des Zeus sehen wir die des Herkules. Unten links: Nicolaus Pusin Pi. in der Mitte: Arnoldo Van Westerhout, formis Romae. rechts: G. M. Mittellus Do. et Sc.
H. 15" 10"', Br. 10" 1"'. Bartsch, J. M. Mittelli, No. 25.
I. Vor der Adresse des Westerhout. * II. Mit derselben.

* 238) Das Wunder des heil. Franz Xaver.

Im Louvre. Für Mr. des Nogers für den Altar der Jesuiten-Kirche in Paris gemalt.

Der Heilige erweckt die Tochter eines Japanesen vom Tode; er steht, betend zu Christum, der in der Mitte oben zwischen zwei Engeln erscheint, hinter dem Ruhebett, auf welchem das junge Mädchen liegt, dessen Kopf von seiner Schwester unterstützt wird, während die weinende Mutter von der entgegengesetzten Seite her beide Arme nach ihm ausbreitet; ausser diesen Figuren gewahren wir noch sechs andere und links vor dem Bett einen auf das Knie niedergesunkenen, die Erscheinung des Heilandes verehrenden Priester. Ein viereckiger Rahmen umschliesst die Vorstellung. Unten links: N. Poussin pinxit rechts: Steph. Gantrel Cum Priuil. Regis. Im Unterrand zu beiden Seiten des Jesuitensymbols eine Dedication an Franz de la Chaise.
H. 16", Br. 12" 5"'.

239) Dieselbe Darstellung.

Von P. Drevet gestochen. fol.

* 240) Martyrium der heil. Cäcilia.

Früher im Cab. des Mr. le Bailli de Breteuil zu Rom.

Die Scene ereignet sich im Innern eines heidnischen Tempels, wo die Heilige auf dem getäfelten Fussboden mit dem Kopf auf dem rechten Arm und mit diesem auf einem Kasten liegt; eine Frau ist beschäftigt, ihren Nacken mit einer Salbe zu reiben; vier andere Frauen gewahren wir rechts, die hintere von diesen in einer Nische bei einem Kessel, links neun andere Figuren, unter welchen ein Priester, der segnend zur Heiligen herantritt. Ueber Letzterem schwebt ein Engel mit Palme und Kranz. Im Unterrand: Martire de Ste Cecile Gravé d'après le Tableau original de Nicolas Poussin, — — — rechts: Car. Bartoni sculp. Romae 1761.
H. 11" 7"', Br. 16" 1"'.

241) Die heil. Margaretha.

Gall. zu Turin.

Die Heilige, in Profil nach links gekehrt, kniet vor verfallenem Gemäuer auf dem Drachen, sie breitet die Arme aus und schaut himmelwärts, wohin einer der oben bei ihr schwebenden Engel zeigt, während der andere eine Palme und einen Kranz hält, den er auf ihren Kopf zu setzen im Begriff ist. Im Unterrand: O Preciosa Margarita, — — — links: N. Poussin pinxit rechts: F. Bignon ex. unten im Boden gegen rechts: Cum Priuil.

H. 11" 6''', Br. 8" 11'''.

Von Chauveau gestochen, dessen Name aber im vorliegenden Abdruck nicht auf dem Blatt vorkommt.

242) Dieselbe Darstellung.

Von der Gegenseite, kleiner, ohne Engel und mit weissem Grund. Mit Mariette's Adresse. kl. fol.

243) Dieselbe Heilige, anders.

Vor Gemäuer in der Mitte des Blatts auf dem Drachen knieend, sie hält in der Rechten ein kleines Kreuz; ein Engel reicht ihr einen Kranz und eine Palme. In der Mitte unten Poussin's Name, dann: S$^{ta.}$ MARGARETHA und gegen rechts Bonnart's Adresse.

H. 12" 8''', Br. 17" 11'''.

244) Die heil. römische Franciska.

Die Heilige, in Profil gesehen, kniet vorne nach links gekehrt, wo ihr die heilige Jungfrau erscheint und Abwehr der Pest verheisst, letztere hält zerbrochene Pfeile in den Händen und hat bereits einen Engel mit Schwert und Schild entsandt, der die rechtshin entfliehende Figur der Pest verfolgt, welche eine Kindsleiche über der Schulter trägt und die Leiche einer Frau am Fuss nach sich schleppt. Im Unterrand links: N. Poussin pinxit. G. Audran sculp. rechts: Rue S. Jacques aux 2. piliers dor Aueo priuil.

H. 12" 9''', Br. 10" 6'''.

* I. Vor der Schrift, nur mit den Künstlernamen und der Adresse.

Die Chalcographie in Paris bewahrt die Platte.

245) Dieselbe Darstellung.

Von der Gegenseite. Unten: Nic.^{us} Poussin Inw. Petrus De Pò Inci. Im Unterrand eine Dedication von J. Dughet an den Cardinal J. Rospigliosi.

H. 12" 10''', Br. 10" 7'''. Bartsch, P. del Po, No. 15.

* 246—252. Die erste Folge der sieben Sacramente. Gall. des Herzogs von Rutland in Belvoir Castle. Gemalt für den Ritter Cassiano del Pozzo, dann in der Gall. Bocca Paduli in Rom. Eines der Bilder ist verbrannt.

Von J. Dughet. Eine numerirte Folge ohne Unterschriften, mit: Nic. Poussin Inuentor oder Inue unten auf jedem Blatt und mit einer Schrifttafel links oben auf dem ersten Blatt. Dieselbe enthält eine Dedication an Carl Anton a Puteo (del Pozzo) vom Stecher.
H. 19''', Br. 24'' 5'''.

(*Wir haben die Beschreibung der Gemälde aus den Fragments sur l'Art et la Philosophie... recueillis dans les papiers de Alfred Tonnellé publiés par G. A. Heinrich... Paris 1860. entnommen, um eine Probe der kritischen Beurtheilungsgabe dieses ausgezeichneten französischen Aesthetikers zu geben.*)

246) Die Taufe.

Bien conservé et chaud de couleur. En avant à droite un tout petit ruisseau. Le Christ, blond et juvénile, baptisé par saint Jean tout à droite du tableau. Deux anges agenouillés tiennent les vêtements. Le Christ manque de grandeur dans l'expression et n'a que la douceur de la jeunesse. La composition n'est pas balancée. Au milieu un groupe de six personnages. Trois derrière, dont l'un, vieillard à l'air sévère, à barbe grise et à longue chevelure, montre la colombe; un autre, à genoux, se rejette en arrière; un troisième s'incline et prie. A gauche trois hommes qui se préparent au baptême. Le paysage est très-beau. Un groupe d'arbres sur un monticule au centre, à gauche un profil de sommets dentelés; ce sont bien de vraies montagnes. La composition du tableau est plus étudiée, moins naturelle que dans le premier; et, sauf la tête superbe du vieillard, il y a peut-être moins de sentiment religieux que de dignité.

247) Die Confirmation.

Plus noir de ton. — In a hall. — Magnifique aussi de composition et d'expression. Que de pensée sérieuse, solide, haute et profondément humaine dans tout cela! — Religieux, et d'une religion réfléchie. — Double action ici: à droite un évêque en blanc assis confirme un petit enfant debout, les mains jointes, dont la piété enfantine et respectueuse cherche à s'élever à la ferveur. Derrière, deux assistants; l'un se penche, tenant un plateau; l'autre, droit, rappelant le type d'un des bergers d'Arcadie, grands traits et longs cheveux. Rien de plus beau que ces deux figures, empreintes d'une profonde méditation; la draperie et les attitudes sont magistrales et noblement expressives. A gauche, un autre évêque tient entre ses mains la tête d'un enfant qui se penche humblement; plus à gauche, groupe de mères. L'une tient un enfant agenouillé, attend, et se retourne; une autre pousse en avant sa fille, une jeune fille déjà modeste et rougissante, et sourit en regardant une troisième qui indique le prêtre à son petit enfant, tandis que le petit hésite, craint et se mord le pouce. Tous ces incidents simples, familiers, sont transformés avec un art, et rendus avec une élévation, un sentiment de la beauté morale qui n'exclut pas le naturel, qui ne va jamais jusqu'à l'héroïque, ridicule dans les petites choses, et qui ne blesse pas par le plus petit soupçon de vulgarité. Un modèle. — Deux hommes derrière regardent. Quelle clarté dans la disposition de ces actions et de ces expressions diverses! — Superbe.

248) Das Abendmahl.

Très-noir. Deux flammes brûlent au-dessus de la table. Le mystère de la scène de nuit est très-bien rendu et plein d'effet. Solennité de cette lumière douteuse. La distribution de la lumière est parfaitement observée. Le devant de la table est dégarni; les apôtres sont couchés. On ne s'explique pas très-bien la position du Christ, qui semble assis. Tête grave et très-beau geste. Saint Jean étendu sur son sein est trop couché sur le côté et peu gracieux. Les têtes des apôtres dans l'ombre graves et belles, mais manquent de variété. C'est bien loin du sublime de la Cène de Raphaël (gravure de Marc-Antoine). Les figures perdues dans l'ombre, des mets sur la table, mets indéterminés et indistincts; exemple du dédain français pour le mot propre en peinture, et ici bien à sa place, je trouve; à quoi bon spécifier le menu du dîner? A cette distance on le verrait sans doute, mais dans ce moment on ne le remarquerait pas; et ainsi la vie matérielle est sacrifiée à la vie morale, bien supérieure. On peut dire même que la vérité serait fausse en ce cas, puisque l'objet présent qui échapperait à notre attention dans la réalité, l'attirerait sur la toile.

249) Die Busse.

Christus bei Simon zu Gast. Magdalena, rechts, trocknet mit ihrem Haar den Fuss des Heilands. (Das Original ist 1816 durch Feuer zu Grunde gegangen.)

250) Die letzte Oelung.

Le plus admirable tableau de cette série comme sentiment et comme expression des visages et des attitudes. Il y a peu de tableaux qui réunissent à autant de noblesse une aussi profonde émotion. Clarté des groupes de Poussin. *Not heaped up together or the one behind the other*, mais espacés et disposés de façon à ce que l'attitude et le mouvement de chacun soient clairement conçus et ne soient pas rompus par celui des autres. Le mourant, pâle, la poitrine découverte, étendu droit sur son lit, d'une langueur et en même temps d'une sérénité, d'une douceur ineffables; les lèvres pâles, les yeux à demi fermés sous le pouce du prêtre. Le prêtre, penché, d'une grandeur, d'une indulgence et d'une bonté extrêmes; vraiment la personnification, le porteur de la toute-puissante et toute compatissante miséricorde. A la tête, trois femmes, dont l'une porte un enfant; une autre se penche, *watching anxiously the dying man's face*, dans l'ombre, superbe. Intensité d'expression et de sentiment. L'assistant, de profil, tenant le cierge, pénétré de la solennité et de la tristesse de l'instant; en avant un enfant en blanc agenouillé. Derrière le pied du lit, deux femmes, et un homme entre elles, se penchent en avant, pénétrés de douleur, mais priant. Une douleur qui se tourne en prière. L'une d'elles, joignant les mains et levant les yeux, superbe de pose et de ferveur dans l'imploration. Au pied du lit une femme accoudée et cachant son visage dans sa main; un jeune garçon, près d'une table, tendant un vase, le visage imprégné de chagrin et d'émotion contenue, tête merveilleuse; et une jeune fille, une servante ouvrant la porte, d'une grâce, d'une légèreté incomparables dans le mouvement et le visage. La chambre, grise et terne, va admirablement au sujet.

Pour le sentiment profond, simple, touchant et saint, cela n'est pas surpassé. Raphaël aurait mis dans les formes plus de beauté et d'inspiration, pas plus de pathétique religieux, vrai, noble. Tous les sentiments qui peuvent se presser autour du lit d'un mourant son rendus ici; et avec quelle justesse et avec quelle grandeur! Caractère du xviie siècle. La grandeur et le sentiment dans la raison, la mesure et la justesse.

251) Das Schlüsselamt.

Ce tableau est très-bien conservé, dans des tons clairs et frais très-transparents. Le Christ, n'était sa draperie rouge, aurait plus l'air d'un Apollon que d'un Christ. Charmante tête, juvénile et imberbe, sereine, mais qui n'a pas assez de gravité, ni de puissance; surtout à ce moment. Il tient un bras levé: les apôtres s'approchent à la file; saint Pierre à genoux; un autre plus loin dans le ravissement; les autres debout. Expression variée d'admiration, de gratitude, de respect pour le mystère, en même temps que de surprise et de réflexion. Magnifiques et puissantes têtes qui respirent une paix profonde. Les deux apôtres à droite rappellent les chevelures blondes et le nez arqué des personnages de Léonard de Vinci. A gauche dans le lointain, lisant à l'écart, un apôtre en jaune, sans doute Judas. Charmant et clair paysage; une pente couverte d'arbres, deux grands troncs et des montagnes qu'on aperçoit dans le lointain.

252) Die Verlobung.

Les deux figures principales, agenouillées et se donnant la main au milieu du tableau, sont les moins intéressantes. Ce type de Vierge pris des Carrache et de Guide n'est pas heureux et se retrouve partout le même. Le manteau bleu l'ensevelit trop. Saint Joseph manque aussi de caractère, quoique les mouvements soient justes et chastes. Le grand prêtre est penché derrière; les deux groupes de spectateurs très-beaux, surtout celui de gauche. On trouve toute une analyse de l'âme sur ces visages, qui expriment les sentiments, les souvenirs qui peuvent l'agiter à l'occasion d'un pareil spectacle, l'intérêt, la curiosité. Deux vieilles femmes, l'une devant, de profil, merveilleusement dessinées. Expression de réflexion, de retour sur le passé, de méditation sur la vie; expérience et grande bonté. L'autre prie pour eux. Un enfant curieux. Dans le fond tête de jeune fille pensive. Manière merveilleuse dont les figures de ce groupe se détachent chacune par elle-même; sûreté avec laquelle elles sont conçues, et groupe admirable qu'elles forment en s'unissant. — Belle couleur claire. — A droite des hommes et des jeunes gens regardent pensifs et attentifs. Une colombe plane au-dessus. Pour fond a hall.

*253—259) Dieselben.

Von Chatillon. Etwas kleiner und von der Gegenseite der Dughet'schen Stiche. Ohne Nummern. Im Unterrand links und rechts die Namen der Künstler und des Verlegers N. Poilly, in der Mitte die lateinischen Titel.

H. 18" 4'", Br. 24" 4'".

260—266) Dieselben.

Copien von A. Loir und P. van Somer. Mit der Adresse von Langlois.

H. 9" 6'", Br. 11" 10'".

267—273) Dieselben.

Copien von G. Kilian. Qu. fol.

*274—280) Die zweite Folge der Sacramente.
Gall. des Lord Ellesmere. Bridgewater, dann Stafford Gallery. Gemalt für Mr. de Chantelou; dann im Palais Royal. Von J. Pesne. Ohne Nummern. Jede Vorstellung auf zwei Platten gestochen. Mit lateinischem Titel in Majuskelschrift, mit den Künstlernamen links und rechts im Unterrand: N. Poussin Andeliensis Pinxit Ex musaeo P. Freart D. de Chantelou Parisijs. — J. Pesne delin. et sculp. ot excudit cum Priuil Regis. Von diesen Blättern kommen auch Gegendrücke vor.

Rob. Dum., J. Pesne, Nro. 20—27.

274) Die Taufe.

VENIT IESVS AD IOHANNEM — — —
Le baptême du Christ forme le centre du tableau sur le second plan, le premier étant dégagé pour laisser voir le groupe central. Le paysage du fond est très-beau, formé par des collines vues de face qui bordent le fleuve. Quelques sommets forment une ligne hardiment et simplement découpée sur le ciel bleu. A droite, groupes à genoux, attendant leur tour pour être baptisés, courbés avec une grande piété. Le vieillard et les deux jeunes gens sont moins beaux que dans la série de Belvoir-Castle. Le coin du tableau est occupé par un groupe de trois jeunes gens admirables, se tenant par les épaules et qui se montrent avec admiration et surprise, et dans un saint enthousiasme, la colombe. Belles chevelures, et gravité qui s'allie bien avec leurs jeunes visages. A gauche, groupe de trois hommes se déshabillant et se rhabillant, frappés aussi par le spectacle de la colombe. Quelle beauté et quel sérieux; quelle juste mesure entre l'académisme et le trivial, dans les mouvements de ces hommes! Encore derrière deux hommes (probablement deux pharisiens) qui considèrent et réfléchissent. Ainsi toute l'attention est ramenée sur le groupe central. Grand art, unité et variété.

H. 20" 10"', Br. 31" 10"'.
I. Vor der Schrift. II. Vor Audran's Adresse. III. Mit derselben. IV. Die Worte exendit cum Priuil. Regis hinter Pesne's Namen sind weggeschliffen.

275) Die Confirmation.

SIGNANTVR SIGNO CRVCIS — — —
La scène est disposée tout autrement que dans l'autre série. — En général, il y a de très-grandes différences dans la composition et même dans la conception de cette série. Les différences de composition vont surtout à donner une plus stricte

unité à l'action. — Il y a moins d'épisodes et moins de spectateurs; l'effet de l'art est plus grand. — Ici il n'y a sur le devant qu'un évêque confirmant; le second est rejeté dans le fond, à gauche, et ne se mêle pas du tout à la scène principale. L'évêque, vêtu de blanc, assis devant un autel avec un assistant à ses côtés, la tête couverte du manteau blanc, figure mâle, sévère ; c'est bien l'idée qu'on se fait des premiers évêques. Il confirme un adulte agenouillé, admirable d'attitude et d'expression, dont la tête intelligente et grave exprime bien l'attente et la réception des dons de sagesse, de force, des dons de l'Esprit. Type parfait de la piété et de l'esprit chrétien du xvii° siècle. Derrière des enfants, des mères qui se penchent sur eux et leur indiquent le chemin. A droite, en avant, comme dans l'autre série, l'épisode de l'enfant qui hésite et de la mère qui lui parle; mais d'un caractère plus grave, et plus en rapport avec la solennité de l'action. Les têtes des mères sont charmantes. Auprès, une jeune fille, enveloppée dans ses voiles, s'avance, les mains jointes, avec modestie et un grand recueillement. L'action des divers personnages est très-variée et cependant toujours grave. Très-belle composition.
H. 21″ 1‴, Br. 31″ 9‴.
I Vor der Schrift. II. Vor den senkrechten Strichen auf der Wange des hinter dem confirmirenden Priester stehenden Jünglings. III. Mit diesen Strichen. IV. Mit Audran's Adresse. V. Nach Auslöschung des excudit cum — — — hinter Pesne's Namen.

276) Die Busse.

REMITTVNTVR EI PECCATA — — —
On peut objecter que le signe sacramentel n'est pas indiqué très-nettement ici, et occupe un coin du tableau; mais si on considère la scène comme représentant le repas chez Simon, c'est admirablement interprété. Le caractère antique est strictement gardé; la table est entourée de lits, le devant seul reste ouvert. Le côté réel de la scène tient une grande place. La table est chargée de mets et de vases; les convives portent la main aux plats, des serviteurs vont et viennent; c'est le mouvement d'un festin; en avant un jeune homme agenouillé emplit un vase de vin; il y a une élégance et une grâce merveilleuses dans tous ses mouvements. — Par ce contraste de gens qui festinent, Poussin a-t-il voulu montrer la négligence et la tiédeur du monde tout adonné à des soucis matériels et ne songeant point à la pénitence? — En avant, à gauche, le Christ étendu, et majestueusement reclinis. Le même type, grand et noble, que dans l'Eucharistie et l'Ordre, avec quelque chose de plus doux et de plus humain; il lève la main et absout. La pécheresse, humble et tendre, est penchée sur ses pieds; très-belle.

Derrière le Christ, saint Jean soul prend part à l'action, d'un geste ot d'un air d'admiration et de sympathie. De l'autre côté de la table, à droite, un vieillard à qui on essuie les pieds, se redresse sur sa couche et regarde par-dessus la table, d'un air sévère et scandalisé, ce qui se passe. Pose et draperies magnifiques. Union dans ce même personnage de l'occupation vulgaire qui se passe à ses pieds et qu'il subit, tandis que son esprit est occupé ailleurs. La combinaison du mouvement moral et de l'attitude du corps est admirablement rendue. Derrière, deux ou trois autres semblent se communiquer leurs impressions sur l'action de la femme. L'harmonieuse union de l'action matérielle et de l'expression morale, de la réalité noblement exprimée et de l'art, est surtout frappante dans ce tableau.
H. 21" 7''', Br. 31" 11'''.
Die Abdrücke wie bei der Taufe.

277) Das Abendmahl.

HOC EST CORPVS MEVM — — —
Très-supérieure à la Cène de Belvoir Castle. — Le chef-d'oeuvre de toute la collection, et la plus sublime manière dont on ait jamais symbolisé l'Eucharistie. — Le tableau a noirci, mais les tons sont restés assez harmonieux. — Effet mystérieux et solennel du demi-jour de la lampe centrale; table carrée et lits occupés des quatre côtés. Quelle majesté dans ces poses étendues, si difficiles à traiter, et dont le peintre a tiré un si magnifique parti! L'apôtre en avant au milieu, vu de dos, en raccourci, est merveilleusement beau; les plis de la draperie que frappe la lumière de la lampe, l'extrême noblesse et expression du geste, la vigueur de la conception, superbe. — Le Christ vient de donner la communion et consacre le calice. — Waagen est fou quand il trouve mauvais que les apôtres mangent: ils ne mangent pas, ils communient, et si jamais la supernaturalisation, la transfiguration de l'action de manger a été exprimée, c'est ici. Ils mangent d'une façon sublime; ils touchent, portent à leurs lèvres, entament le fragment de pain avec un respect, une crainte, une solennité que rien n'égale. Le calme du geste et comme le recueillement de la bouche et de la dent qui reçoit, ce trait d'expression si difficile, est admirablement indiqué. On sent la divinité de l'aliment à leurs gestes. Il y a aussi sur tous les visages une émotion religieuse intérieure, unie à une expression de virilité et de force morale, caractéristique de Poussin, et qu'il n'a jamais poussée si loin. — *Mænnliche Andacht.* C'est bien une piété virile.
H. 20" 11''', Br. 31" 10'''.
I. Vor der Schrift. II. Der Titel, kürzer, lautet nur: HOC FACITE IN

278) Die letzte Oelung.

ORENT SVPER EVM VNGENTES — — —

Le sujet très-modifié. — Scène de nuit. — Action plus dramatique et moins touchante. L'autre tableau est de beaucoup supérieur. — Le groupe qui entoure la tête du mourant, comme bel arrangement de lignes et comme mouvement, est superbe, mais inférieur comme sentiment moral. La figure du prêtre en manteau, penché sur le lit, est à peu près conservée; ici seulement il joint les mains; le mourant, au lieu d'être immobile et recueilli, est tourné de côté, vers son petit enfant qui tend les bras tout ému, et que la mère lui présente. Poussin a voulu exprimer l'attache à la terre, le struggle, l'adieu; trait qui manque à l'autre composition, mais qui trouble le calme de la douleur silencieuse et élevée, la solennité religieuse du sujet, et nuit à l'unité d'émotion. Ici l'assistant tient un flambeau et est placé plus en arrière; moins poétique; au-dessus du chevet se penche, les deux bras étendus, un homme qui tient un flambeau; figures dans l'ombre; une vieille femme, les mains jointes et les yeux au ciel, très-belle. A droite la superbe femme, le visage caché, les bras étendus sur le lit, et pleurant, est conservée, peut-être encore plus grande de style. Plus loin, une figure entièrement voilée, debout comme un fantôme, est d'un effet très-lugubre. Derrière le lit, une femme se tordant les mains, et qu'un homme cherche à consoler. Dans l'ombre, une jeune femme assise et accoudée à l'écart. Tout cela est très-beau encore, très-expressif, très-pur de lignes, mais, comme ensemble, me touche beaucoup moins que l'autre tableau.

H. 21" 3"', Br. 31" 11"'.
Die Abdrücke wie bei der Taufe.

279) Das Schlüsselamt.

QVODCVNQVE LIGNAVERIS SVPER — — —

Les disciples sont divisés en deux groupes; le Christ au milieu. Très-grand de style; mais le seul où l'on pourrait légèrement reprocher à Poussin de toucher à la noblesse conventionnelle et déclamatoire en quelques points. — Les bâtiments du fond paraissent vagues, convenus, ne sont pas quelque chose d'assez précis, ressemblent au terme général et à la périphrase; le geste du Christ, qui brandit les clefs, et dirige l'autre bras vers la terre, dépasse un peu le but, quoiqu'il y ait beaucoup d'ampleur dans la pose, et que l'auguste sérénité de la tête soit

sublime. Saint Pierre est agenouillé devant; saint Jean regardant le ciel est beau. Les deux groupes d'apôtres sont remarquables par leurs attitudes nobles et la belle et large disposition des draperies. Le geste de celui qui montre le ciel d'un ton de commandement (sans doute expliquant à un autre) est de trop; le mouvement de domination et de puissance doit être réservé au Christ seul en ce moment, et n'est pas juste ici. Chose rare chez Poussin.
H. 21" 3"', Br. 32".
Die Abdrücke wie bei der Taufe.

280) Die Verlobung.

MARIA DESPONSATA IOSEPH. Math. cap. 1. Hierunter abweichend im Standort von den übrigen Blättern: Ex musaeo

Ici aussi on trouve plus de gravité que dans l'autre série; l'assistance est moins indifférente. Les deux époux sont au milieu, placés, sans se faire vis-à-vis, à côté du prêtre, qui est vu de profil. Tous deux sont couronnés de roses blanches; la femme est enveloppée dans des voiles bleus. Grande timidité et modestie; mais manque de grâce et de fraicheur en même temps. Derrière le prêtre, Poussin a placé un de ses *bergers d'Arcadie*, tenant des vases, la tête penchée; magnifique figure. Groupe d'hommes, à droite, dans des attitudes nobles et graves; à gauche, ceux qui prennent une part plus directe à l'action: femmes joignant les mains, très-belles; jeune enfant à genoux dans l'ombre. En somme, ceci est sa moins heureuse composition, celle où le sentiment moral est le moins vivement exprimé et tenu dans une sévérité un peu froide. Son grave génie n'a pas entouré les noces saintes de tout le charme poétique dont l'Église même et la Bible les environnent. Il n'y a pas là cette tendresse vive qui faisait oublier à Jacob, près de sa jeune femme, la mort de sa mère; l'oeuvre manque de jeunesse.
H. 18" 7"', Br. 27" 9"'.
Die Abdrücke wie bei der Taufe.

*281—287) Dieselben.

Verkleinerte Copien der Pesne'schen Blätter von der Gegenseite, mit den nemlichen Titeln in Minuskelschrift. Dessiné et graué par Benoist Audran apres Poussin Ce vendent a Paris Chez Audran rue S. Iacque aux 2. Piliers dor auec priuil. du Roy.
H. 8" 9"', Br. 10" 10"'
*I. Vor Baldet's Adresse.

288—294). Dieselben.

Mit Gantrel's Adresse. Mit lateinischen und französischen Unterschriften.
H. 18" 8''', Br. 26" 8'''.

Von der Confirmation kennen wir einen neueren Nachstich, begonnen von H. Guttenberg, beendet von de Launay.
H. 5" 5''', Br. 7" 7'''.
* I. Vor aller Schrift.

295—301. Dieselben.
Gestochen von Cecchi und Eredi. Qu. fol.

Historische Darstellungen.

*302) Achilles unter den Töchtern des Lycomed.

Die Töchter des Lycomed, drei an der Zahl, bei welchen links eine alte Dienerin steht, sitzen in der Mitte um den Kasten mit den Waffen und dem Geschmeide, welches sie betrachten und anpassen, Achilles, rechts, hat einen Helm aufgesetzt, ein Schwert ergriffen, sich mit einem Knie auf einen Schild niedergelassen und betrachtet sich in einem Spiegel, den er mit der Rechten hält. Diese Lust an kriegerischem Schmuck führt bekanntlich zu seiner Entdeckung. Ulysses, der, von einem Gefährten begleitet, ihn scharf betrachtet, steht in seiner Nähe. Im Mittelgrund der Landschaft ein Teich, der Hintergrund ist gebirgig. Ohne Schrift und Bezeichnung. Radirung des P. del Po.
H. 13" 5''', Br. 18" 6'''. Bartsch, P. del Po, No. 29.

*303) Derselbe Gegenstand, anders.

Gall. des Steph. Jarrett, Esq.

Die Composition hat eine Figur weniger, indem sie nur aus sechs Personen besteht; Achill, links auf das eine Knie niedergesunken, versucht ein Schwert aus der Scheide zu ziehen; Ulysses und sein Gefährte knieen rechts gegenüber am Kasten; während der Letztere den Töchtern des Lycomed — eine derselben kniet und sieht sich wie furchtsam nach der gefährlichen Handthierung des Achill um — einen Spiegel reicht, betrachtet Ulysses scharf den Achill. Ohne Schrift und Bezeichnung. Radirung des P. del Po.
H. 13" 7''', Br. 18" 7'''. Bartsch, P. del Po, No. 30.

*304) Ajax stürzt sich in sein Schwert.

Die Darstellung ist dem Reiche der Flora entnommen. Der

Held, nackt, mit seinem Helm auf dem Kopf, stürzt sich, nach der
Linken übergeneigt, in das gegen den Erdboden gestemmte
Schwert; sein Gewand, Harnisch und Schild liegen am Boden,
letztere gegen das Postament einer Pansherme gelehnt. Ohne
alle Bezeichnung und Schrift.
H. 10" 6''', Br. 7" 9'''.

*305) Theseus entdeckt das Schwert und die Sandalen
seines Vaters.

Der Held ist in der Mitte vorne vor den Ueberresten eines
antiken Tempels oder Pallastes beschäftigt, einen grossen Stein
aufzuheben, unter welchem man das Schwert und die Sandalen
seines Vaters Egeus entdeckt; seine Mutter mit der Rechten
auf den Stein zeigend, während sie den linken Arm auf die
Schulter einer jungen Dienerin stützt, steht rechts dabei. Unten
rechts: Pouffin jnuen. et pinxit Ant. de Fer exc. Cum.
Priuil. Regis.
H, 5" 2''', Br. 8" 5'''.

Wie uns scheint mit grosser Wahrscheinlichkeit eine Radirung des Rem.
Vuibert, wo nicht, des Pierre Le Maire (le gros Le Maire oder Le Maire-
Poussin) welcher die Architectur in dem obigen Bilde gemalt hat; siehe Mariette
Abecedario N. A. T. IV. p. 204. Robert Dumesnil erwähnt freilich nicht und
was bedenklich macht, weder in Vuibert's noch Le Maire's Werk diese Radirung.

306) Das Testament des Eudamidas.

Dieses schöne Gemälde, für Form. de Venne gefertigt, ist bei
einem Schiffbruch auf dem Transport von London nach Russland
zu Grunde gegangen.

Der Sterbende liegt ausgestreckt auf seinem Bett; der Notar,
im Schreiben begriffen, sitzt in der Mitte, dem Sterbenden zugekehrt, auf einem Stuhl vor dem Bett, der Arzt steht hinter
dem Bett, seine Hand prüft die Pulsschläge des absterbenden
Herzens. Eudamidas' alte Mutter und seine Frau sitzen rechts
zu seinen Füssen, tiefer Schmerz ist auf ihren Gesichtern aus-
geprägt. Im Unterrand in der Mitte: Testament d'Eudamidas de la Ville de Corinthe. darunter: Je Legue ma
mere a Aretée pour la nourir — — — links: N. Poussin peinxit Ex Museo Jo. Formont S.r de Venne. rechts:
J. Pesne del. et fculps. cum priuil. Regis.
H. 16" 5''', Br. 20" 11'''. Rob. Dum., J. Pesne, No. 29.

I. Der Schaft der oben hängenden Lanze hat nur horizontale Striche und
eine einzige schräggelegte Querstrichlage. *II. Eine dritte Strichlage von der
letztern Art ist hinzugekommen. III. Retouchirt.

307) Dieselbe Darstellung.

Im Unterrand zu beiden Seiten eines in der Mitte befindlichen Wappens liest man: TESTAMENT D'EUDAMIDAS darunter eine Dedication an Mr. Micault. d'Harvolay, dann die Worte des Eudamidas und in der Mitte: d'après l'original du Poussin — — — links: A Paris chos l'auteur Quay de Conti — — — links dicht unter der Radirung mit Nadelschrift: N. Pouffin P^t rechts: A de Maroenay de ghuy p.^{bat} et fculp.^{bat} No 15.
H. 8″, Br. 11″ 10‴.
Dem Blatt ward eine gedruckte Beschreibung auf einem Viertelbogen beigegeben. I. Vor der Schrift. *II. Mit der Schrift.

308) Derselbe Gegenstand, anders.

Oelskizze in der Sammlung von Th. Hollis.

Im Wesentlichen gleich, nur in Nebendingen abweichend. So steht rechts kein Tisch, ein solcher vielmehr links bei dem Kopf des Sterbenden. An der Wand hinten hängt keine Lanze, nur ein Schild und Schwert. Im Unterrand eine fünfzeilige Schrift in Majuskeln. Stich des F. Bartolozzi.
H. 7″ 10‴, Br. 10″ 2‴.
I. Vor der Schrift. *II. Mit der Schrift.

*309) Cimon und Pero.

Die römische Charitas genannt. Pero reicht dem im Gefängniss schmachtenden Vater die Brust, sie ist als Kniestück und nach rechts gekehrt vorgestellt, Cimon, in halber Figur, vom Rücken. Im Unterrand: Hinc pater hinc natus, darunter in der Mitte: Le Blond Exc. links: Poufsin Inuentor rechts: Auec Priuilege du Roy, links unmittelbar unter der Radirung: J. Pesne fecit.
H. 9″ 7‴, Br. 8″ 10‴. Rob. Dum., J. Pesne No. 13, la Charité romaine betitelt.
Die zweiten Abdrücke unterscheiden sich von den ersten durch zufällige Ritzungen eines harten, mit der Platte in Berührung gekommenen Gegenstandes, man sieht solche auf Cimons Rücken und dem Knie der Tochter.

310) Die Errettung des Pyrrhus.
Im Louvre.

Man sieht in der Darstellung den Moment, wo die Anhänger des aus seinen Staaten vertriebenen Molosserkönigs Aecides, welche heimlich den kleinen Pyrrhus entführen, an dem Ufer eines Flusses angekommen sind. Da sie keine Mittel zum Ueberfahren haben, schreiben sie den Namen des Pyrrhus auf zwei Zettel, um diese den auf dem jenseitigen Ufer stehenden Mega-

räern zuzuwerfen, damit diese ihnen Hülfe senden. Figurenreiche, gewaltige Composition. Der Fluss fliesst rechts vorüber, zwei Männer schleudern die Zettel mittelst eines Steines und einer Lanze auf das jenseitige Ufer. Unter den Fliehenden sind drei Frauen. Links kämpfen drei Krieger gegen die Verfolger. Links unten im Boden: N. Poussin Pinxit in der Mitte des Unterrands: Academiae Regiae Picturae et Sculpturae G. Audran D.D.D. links und rechts eine lange französische und lateinische Beschreibung, unter der letzteren Audran's Adresse. 2 Platten.
H. 25", Br. 34" 7'''.
I. Vor der Schrift. II. Mit der Schrift, aber vor der Adresse. III. Mit der Adresse aux Gobelins. *IV. Mit: aux deux Piliers d'or. Die Platte wird in der Chalcographie im Louvre aufbewahrt.

311) Dieselbe Darstellung.

Von der Gegenseite des vorigen Blatts. Im Unterrand eine französische und lateinische Beschreibung, darunter links: D'apres le tableau du Poussin — — — in der Mitte: G. Chasteau fculps. 1676. gegen rechts: Ad tabulam N. Poussin — — —
H. 14" 6''', Br. 19" 3'''. Cab. du Roy.
I. Vor der Schrift. *II. Mit derselben.

*312) Dieselbe Darstellung.

Ebenfalls von der Gegenseite. In der Mitte des Unterrands: Pyrrus transporté dans la Ville de Mégare. links: Pouffin pinx. rechts: A Paris chez F. Chereau — — —
H. 7" 2''', Br. 9" 11'''.

*313) Alexander opfert am Grabe des Achilles.

Mehrere Stufen führen von der Rechten her zum Grabmal des Achilles, welches ein Basrelief schmückt und auf welchem eine Vase steht; hinter dem Grabmal ist eine Schutzmauer, auf welcher eine Statue und zwei Trophäen stehen. Links steht ein Priester bei einem Dreifuss mit dampfendem Rauchfass, drei Figuren bilden sein Gefolge; Alexander, nackt bis auf einen umgehängten Mantel, steht in der Mitte zur Rechten des Mausoleums und nimmt eine Spende von einer knieenden Frau entgegen, fünf andere Figuren sind in seinem Gefolge, rechts vor den Stufen stehen einige Krieger. Im Unterrand zu beiden Seiten eines Wappens und einer Dedication an Jonas Witsen links: Nic. Pouffin pinxit rechts: G. van Houten fculpsit.
H. 17" 2''', Br. 23" 6'''.

*314) Findung des Remus und Romulus.

Nach einer Handzeichnung.

Faustulus hat die beiden Kinder gefunden, er schreitet in Gesellschaft eines Hirten von der Rechten, wohin sein Gefährte zeigt, zu seiner in der Mitte stehenden Frau Laurentia heran, um ihr die Kinder zur Auferziehung zu übergeben, eins derselben hält Laurentia bereits in ihrem Gewand; eine andere Frau mit einem Spinnrocken und ein Knabe stehen hinter ihrem Rücken; links ruhen drei junge Mädchen, rechts melkt ein Hirt eine Ziege. Ausser diesen Figuren sieht man noch einige Kühe und eine Anzahl Ziegen und Schaafe. Der Grund der Landschaft ist felsig. Oben links eine Satyrstatue. Im Unterrand: Faustule berger du Roy Amulius — — — links in Nadelschrift: Nic. Poussin inv. et Delin. rechts: P. Peyron sculp.
H. 10" 6''', Br. 15" 10'''. Prosp. de Baudicour, P. Peyron, No. 9.

315) Der Raub der Sabinerinnen.

Gall. von Rich. Colt Hoare.

Eine nähere Beschreibung dieser durch sich selbst kenntlichen Composition halten wir für überflüssig, merken hier aber zur Unterscheidung von der folgenden Composition an, dass hinter dem rechts oben stehenden Romulus zwei Säulen angebracht sind, zwischen welchen zwei Senatoren wahrgenommen werden. In der Mitte des Unterrands: L'ENLEVEMENT DES SABINES. links und rechts eine französische Beschreibung, unter dem Titel die Adresse des Stechers, links unmittelbar unter der Vorstellung: N. Poussin Pinxit. rechts: I. Audran Sculp.
H. 15", Br. 20" 2'''.
I. Vor aller Schrift. II. Beschrieben. *III. Mit angehängter neuer Adresse des Mondhare.

*316) Derselbe Gegenstand, anders.

Im Louvre.

Romulus steht hier links auf einer gemauerten Plattform in halber Höhe des Blatts vor einem Gebäude und ertheilt Befehle; zwei Senatoren stehen hinter seinem Rücken. Im Unterrand eine lange dreizeilige, durch die ganze Breite sich erstreckende Beschreibung, darunter links: N. Poussin pinx. rechts: E. Baudet fc.
H. 20", Br. 26" 3'''.

317) Dieselbe Darstellung.

In der Mitte des Unterrands: ENLÈVEMENT DES SABI-

NES, darunter eine Dedication an P. Laurent vom Stecher, links hierunter: A Paris chez l'Auteur — — — rechts: Imprimé par Ramboz. Ecrit par Picquet Jeune. Links unmittelbar unter der Vorstellung: Peint par Nicolas Poufsin. rechts: Gravé par Henri Laurent, Editeur — — — 1811.

H. 17" 6''', Br. 22" 8'''.
I. Vor der Schrift. II. Mit angelegter Schrift. *III. Mit vollendeter Schrift.

318) Dieselbe Darstellung.

Gestochen von M. Pool. Qu. fol.

319) Dieselbe Darstellung.

Gestochen von A. Girardet. Qu.-fol.
I. Vor der Schrift, nur mit gerissenen Künstlernamen.

*320) Die Enthaltsamkeit des Scipio.

In der Eremitage zu St. Petersburg.

Eine aus zwölf Personen bestehende Composition. Der Feldherr sitzt links in einem auf einem behauenen Stein stehenden Stuhl, wie thronend, eine junge Frau hinter seinem Rücken stehend, hält einen Kranz über seinem Kopf, zu seiner Linken stehen zwei Lictoren, er streckt die Linke gegen den in der Mitte des Blattes sich vor ihm verneigenden jungen Karthager und die ihm etwas näher stehende, von vorne gesehene schöne Karthagerin, die von zwei Matronen begleitet ist. Rechts zwei Krieger und zwei andere Römer. In der Mitte des Unterrands zu beiden Seiten eines Wappens: THE CONTINENCE OF SCIPIO. In the Gallery at Houghton, dann Boydell's Adresse; links: Nich: Poufsin, pinxit. in der Mitte über dem Wappen: J. Boydell excudit 1784. rechts: Francis Legat Sculpsit.

H. 15" 7''', Br. 21" 4'''. Houghton Gallerie.

*321) Dieselbe Darstellung.

Von der Gegenseite. Scipio sitzt hier rechts. Im Unterrand links ein lateinischer Titel und eine lateinische Beschreibung, rechts ein englischer Titel und eine entsprechende Beschreibung; unter der letzteren die Adresse: a Paris chez la Veuve de François Chereau — — — über derselben rechts unter der Vorstellung: Clau. Dubosc. delin, et Sculp — — 1741. links gegenüber: N. Poufsin Pinx.

H. 11" 6''', Br. 15" 9'''.

*322) Coriolan.

Gemalt für den Marquis d'Hauterive.

Der römische Feldherr, von zwei Kriegern begleitet, ist rechts des Blattes, seine Mutter, seine Frau mit seinen beiden Kindern sind vor ihm auf die Kniee gesunken, und beschwören ihn, von seinem Vorhaben auf Rom abzustehen; vier andere Frauen, hinter welchen ein junger Krieger steht, haben sich den letzteren angeschlossen. Coriolan scheint erweicht zu sein, er steckt sein Schwert in die Scheide. Im Unterrand: AINSY SE DOIT FLECHIR LA COLERE ET L'ORGUEIL dann: Caius Marcius surnommé Coriolan — — — links: N. Poussin pinxit. rechts: Grauée par Audran — — — 2 Platten.
H. 24" 3''', Br. 34''.

Von Benoit Audran gestochen und von Gerard überarbeitet. Die Platte verwahrt die Chalcographie im Louvre.

*323) Dieselbe Darstellung.

Von der Gegenseite. Unten rechts im Boden steht verkehrt: Steph. Baudet sculp. Romae, links: Nico. Pouffin in.
H. 15" 2''', Br. 23" 6'''.

324) Dieselbe Darstellung.

Kleine Copie des Audran'schen Blatts von B. Picart 1720. Mit einer französischen Beschreibung im Unterrand.
H. 5" 3''', Br. 6" 11'''.

*325) Dieselbe Darstellung.

Von der Gegenseite. Rechts unten mit: Nicolo Poufsin Inuentor. links mit: Si uendono da Giacomo Billy in Roma.
H. 15" 4''', Br. 21" 4'''.
Geringes Blatt.

326) Die Züchtigung des verrätherischen Schulmeisters von Falerii.

Im Louvre; 1637 in antikem Styl für Mr. de la Vrillière gemalt.

Camill, von Unterbefehlshabern seines Heeres umgeben, sitzt rechts vorne vor einem Zelt und befiehlt, den links befindlichen Schulmeister, dem die Hände auf den Rücken gebunden sind, zu stäupen, drei Kinder flehen zu Camill um Gnade. Auf der Höhe des felsigen Grundes das befestigte Falerii. Rechts unten: Graué par Audran sur une esquisse du sieur Poussin auec Priuil. du Roy aux deux piliers dor.

Im Unterrand eine Dedication an Mr. Du Metz von G. Audran und darunter eine sechszeilige französische Beschreibung.
H. 13" 9''', Br. 18" 3'''.
I. Vor aller Schrift. II. Vor der Adresse aux deux piliers d'or. *III. Mit derselben.

*327) Der Tod des Germanicus.

Für Cardinal Barberini gemalt.

Der edle Römer, auf einem Bette ruhend, erliegt den Wirkungen des ihm beigebrachten Gifts, seine weinende Gattin Agrippina sitzt links vor seinem Bette. Drei Kinder, das jüngste von einer Dienerin gehalten, sind bei der Mutter. Hinter dem Bett und rechts zu Füssen des Germanicus eine Anzahl treuer Krieger; einer derselben, in der Mitte vor dem Bette stehend, streckt die Linke empor und scheint einen Schwur zu leisten. In der Mitte des Unterrands ein Symbol, zu beiden Seiten desselben eine Dedication an G. Reinard vom Stecher G. Chasteau 1663, darunter französische Verse und hierunter rechts: G. Chasteau fecit et exoudit cum Priuilegio ——— Ange gardien.
H. 14" 9''', Br. 19" 4'''.

328) Dieselbe Darstellung.

Von der Gegenseite. In der Mitte des Unterrands: Explicatio Historiae in presenti Typo expressae, darunter in 5½ Zeilen durch den ganzen Unterrand die Beschreibung. Links unten im Boden: Nicolaus Pufsinus Pinxit. Ohne Namen des Stechers.
H. 14" 7''', Br. 19" 3'''.

329) Dieselbe Darstellung.

Gestochen von Coelemans. Kl. qu. fol.

330) Dieselbe Darstellung.

In Schwarzkunst von J. J. Freidhof und in Dessau 1797 erschienen.
H. 19" 9''', Br. 25" 3'''.
*I. Vor aller Schrift. *II. Mit den Künstlernamen im Unterrand, links: Gemalt von N. Poufsin rechts: Geschabt von J. J. Freidhof in der Mitte: Herausgegeben in Defsau 1797 III. Mit der Schrift.

331) Die Pest in Athen.

Gall. des Pet. Miles, früher bei M. Hope.

Wir haben diese Composition nicht gesehen und führen daher ihre Hauptmomente nach Smith an. Der Blick fällt in eine prächtige Strasse der Stadt Athen, über welche Haufen von

Pestkranken verstreut sind, einige ausgestreckt auf dem Boden, andere hingesunken bei den Portalen der Tempel. Unter diesen Unglücklichen sieht man im Vorgrund drei Frauen, von welchen zwei auf einem Teppich oder einer Matratze liegen, und einen Mann, welcher in wilder Verzweiflung mit beiden Händen sein Haar reisst. Gestochen von J. Fittler.

Mythologische und allegorische Darstellungen.

*332) Die Auferziehung des Jupiter.

Gall. zu Berlin.

Composition von vier Figuren im Vorgrund einer Landschaft; rechts zwei Nymphen, von welchen die eine dem Kinde aus silberner Kanne zu trinken giebt, die andere eine Wabe aus einem Bienenstocke nimmt; die Ziege Amalthea, in Profil gesehen, steht links, ein nackter Corybant hält sie fest, um, wie es scheint, mit dem Melken fortzufahren, sobald das Kind ausgetrunken hat. Im Unterrand zu beiden Seiten eines Wappens: Oracle Viuant des Curieux ——— darunter eine Dedication an Mr. Sim. Limbert von Alex. Colbenschlag, links: N. Poussin Pinxit rechts: Castellus (Chasteau) del et fc.
H. 10". 4''', Br. 14" 1'''.
Von diesem Blatt kommen Gegendrücke vor, in welchen die Schrift verkehrt erscheint.

333) Dieselbe Darstellung.

Von der Gegenseite. Mit der Unterschrift: Die Erziehung des Jupiters. Gestochen von J. F. Bolt.
H. 13" 3''', Br. 17" 7'''.
I. Vor der Schrift. *II. Mit angelegter, oder ausgefüllter, III. mit vollendeter Schrift.

*334) Jupiter und Leda.

Leda, nackt, sitzt links in nachlässiger Haltung auf einem steinernen Sockel oder Sitz, auf welchem eine Sphynx ruht; sie stützt ihren rechten Arm auf diese Sphynx und zeigt mit der Linken auf den bekränzten, zwischen zwei Liebesgöttern in einem Bassin daherschwimmenden Schwan, der bereits fast die Stufen ihres Sitzes erreicht hat; ein dritter Liebesgott ist beschäftigt, das leichte Gewand vollends von ihr zu entfernen. Oben rechts schweben vier andere Amoretten, einer von diesen schiesst einen Pfeil auf Leda ab. Im Unterrand in der Mitte: Leda links: N. POVSSIN PINXIT. RoNE. rechts: Chatillon sculp. Radirtes Blatt.
H. 11" 4''', Br. 9" 1'''.
Es giebt Abdrücke ohne Chatillon's Namen.

335) Dieselbe Darstellung, anders.

Gestochen von Vangelisti und beendet von Morel.
Die Composition ist im Wesentlichen dieselbe, nur in den Nebendingen zeigen sich Abweichungen von dem vorigen Blatt, so ist z. B. hier der Sitz der Leda mit plastischem Schmuck geziert.

H. 26" 7''', Br. 22".
* I. Vor aller Schrift.   II. Mit der Schrift.

336) Jupiter und Calistho.

Gall. des Baron Holbach.

Jupiter, in der Gestalt der Diana, sitzt vorne gegen rechts neben der Calistho auf einer Erdbank, er umarmt sie und flüstert ihr etwas in's Ohr, während sie seinen Speer hält. Einige Liebesgötter umgeben das Paar, einer, vorne gegen links sitzend, hält die beiden Jagdhunde der Diana; ein anderer, links oben schwebend, zielt mit seinem Bogen auf die Calistho. Die Landschaft ist rechts durch Bäume gesperrt. Im Unterrand: JUPITER SOUS LA FORME DE DIANE — — — darunter eine Dedication an den Generalmajor Betzky vom Stecher, links hierunter: A Paris chez l'Auteur — — — links unter der Vorstellung: Point par Le Poussin rechts: Gravé par J. Daullé graveur du Roy — — —.

H. 13" 11''', Br. 19" 9'''.
* I. Vor aller Schrift. * II. Mit der Schrift.

*337) Dieselbe Darstellung.

Von der Gegenseite. Im Unterrand eine zweizeilige Schrift: Dixit, et arreptam prensis a fronte — — — links: N. Poufsin pinx. in Aedib. D. Fran. Xav. Geminiani rechts: I. Frey inc. Romae 1752.

H. 15" 3''', Br. 19" 11'''.

*338) Jupiter und Antiope.

Früher in der Gall. des Mr. de Montarsi.

Die nackte schlafende Antiope liegt auf dem Bauch auf dem Rande eines vorne befindlichen Wassers. Jupiter, in Gestalt eines Satyrs, hat sich bei ihr auf das eine Knie niedergelassen und scheint sie aufwecken zu wollen. Ein über ihm schwebender Liebesgott schiesst einen Pfeil ab, ein anderer, zur Seite Jupiters stehend, hält eine Fackel in der einen Hand und

legt die andere schalkhaft an den Mund. Im Unterrand der Name
Hormaphrodite und unmittelbar unter der Darstellung: Point
par N. Pouffin et gravé par Bernard Picart le fils. —
— — Ce vend a Paris chez G. Duchange — — — avec
P. du R.
H. 8" 1''', Br. 5" 11'''.

339) Apollo und Daphne.

Apollo sitzt links auf einer Erdbank, er umarmt die stehende,
widerstrebende Daphne, deren Glieder bereits Lorbeerbaumgestalt
annehmen; ein Flussgott ruht in der Mitte bei diesen Figuren,
er verhüllt mit der Hand sein Gesicht, um die Schmach nicht
zu sehen, und reisst seinen Bart. Rechts vier Liebesgötter;
ein fünfter mit einem Bogen schwebt über dem Flussgott. Rechts
unten auf einem Stein: F. Chauveau fculp. et ex Cum
privil Reg. 1667. links: N. Poufsin pinxit.
H. 10" 4''', Br. 14".
I. Vor der Schrift: DAPHNÉ CHANGÉE EN LAURIER. L'Amour pour
se vanger — — —. *II. Mit derselben.

340) Derselbe Gegenstand, anders.
Nach einer Zeichnung im Cab. Jabach.

Apollo verfolgt die rechtshin fliehende Daphne, er hat sie
unter den Achselhöhlen erfasst; Spuren der Verwandlung nimmt
man noch nicht wahr; der Flussgott, dessen Hülfe die Nymphe
angerufen hat, umfasst ihre Kniee. Hinter Apollo schwebt ein
Liebesgott mit einem Bogen, zwei andere mit Kränzen über zwei
hinter dem Flussgott ruhenden Nymphen. Ausser diesen Figuren,
die alle rechts gruppirt sind, gewahren wir noch zwei Liebesgötter, einen ganz rechts bei einem Baum und den andern weiter
vorne bei einer Vase hinter dem Ufer des vorne befindlichen
Wassers. Im Unterrand links: Poussin delin. 8 E. rechts:
Massé sculp Cum priuil Regis. Radirtes Blatt.
H. 9" 6''', Br. 14". Rob. Dum. Ch. Massé, No. 97.
I. Vor der Schrift. *II. Mit der Schrift.

*341) Derselbe Gegenstand, anders.

Ebenfalls nach einer Zeichnung. Die Composition ist kleiner als die
vorige von Massé radirte, indem hier die linke, figurenleere Partie
der Landschaft fehlt, im Uebrigen aber wesentlich der vorigen
gleich; anstatt des einen Liebesgottes sieht man hier deren zwei in
der Mitte vorne auf dem Ufer des Wassers. Im Unterrand:
N. Poussin In. A Paris Chez Audran. Avec Privilege
du Roy.
H. 7" 8''', Br. 6" 3'''.

*342) Venus und Adonis.
Gall. des Lord Carrington.

Die nackte Göttin ruht vorne im Schlaf auf einem ausgebreiteten Tuche und Adonis neben ihr mit dem Kopf gegen ihre Brust und mit dem Arm über ihrem Leib. Zu Haupten der Göttin gewahren wir zwei Liebesgötter und einen Flussgott. Rechts verfolgen fünf Liebesgötter einen Hasen, den sie bereits ergriffen haben; die Hunde des Adonis, an einen Baum festgebunden, bemühen sich, ihnen nachzusetzen. Der von anderen Liebesgöttern bewachte Wagen der Venus ist oben in der Mitte des Grundes in Gewölk. Im Unterrand zu beiden Seiten eines in der Mitte befindlichen Wappens: VENUS AND ADONIS. From the Original Picture — — — in the Collection of Mr. Reynolds — — — links: Nic. Poufsin pinxit rechts: R. Earlom fecit. rechts unter der Schrift: Joh Boydell excud! 1766 links gegenüber: VOL. II. No. 6. Radirtes Blatt.
H. 13" 9''', Br. 18" 5'''.

343) Derselbe Gegenstand, anders.

Venus, nackt, ruht ausgestreckt auf einem Tuch im Vorgrund einer waldigen Landschaft und Adonis ihr zur Seite mit halb aufgerichtetem Oberkörper, in der Rechten über dem Gesicht der Göttin ein Blumensträusschen haltend. Links im Grunde ein Liebesgott, welcher die beiden, nach einer auffliegenden Taube springenden Hunde des Adonis hält. In der Mitte des Unterrandes: VENUS & ADONIS links: Poussin pinx. rechts: P. Tanjé fculp. etwas weiter unten: a Paris chez Bassan Graveur.
H. 8" 2''', Br. 9" 9'''
I. Vor Basan's Adresse. *II. Mit derselben.

344) Dieselbe Darstellung.
Von der Gegenseite. In Schwarzkunst von J. Gole.
H. 9" 2''', Br. 7" 1'''.

*345) Dieselbe Darstellung.

In Schwarzkunst von J. Smith, mit Abänderungen in der Landschaft. Im Unterrand ein englisches Gedicht: The filly Poets, they say No, — — — darunter links: Poffin Pinxit gegen rechts: I. Smith fe. rechts: Sold by I. Smith at the Lyon — — — Garden.
H. 9" 7''', Br. 8" 1'''.

346) Derselbe Gegenstand, anders.

Die Göttin ruht, von vorne gesehen, in der Mitte des Blatts auf einem Felsstück und wendet ihren Kopf zu Adonis um, der seinen Oberkörper aufrichtet und seinen Speer in der Linken hält. Ueber beiden schweben zwei sich schnäbelnde Tauben in der Nähe des von drei Amoretten bewachten Wagens der Venus. Links liegt zusammengekauert ein Hund. Im Unterrand: Adonis, gesprooten uit de byslaap van Myrrha — — — links: N. Pouffin Pinxit. rechts: M. Pool sculp: in der Mitte unter der Unterschrift: Gravé d'apres le Tableau Origeneel N. Poussin. rechts in gleicher Tiefe: M. Pool exc: Amftelod:
H. 7" 3''', Br. 10" 8'''.
I. Vor der Schrift und mit M. P. scul. statt M. Pool sculp. *II. Beschrieben. III. Ohne Pool's Namen, mit W. de Broen's Adresse.

*347) Der Tod des Adonis.

Venus kniet neben dem todten Geliebten und giesst Ambrosia aus einem silbernen Gefäss auf seinen Kopf, den ein Liebesgott bekränzt, zur Seite des letzteren steht ein zweiter weinender Liebesgott. Der Wagen der Göttin steht links an einem Fluss, auf dessen Ufer ein schlafender Flussgott ruht. In der Mitte des Unterrands: LA MORT D'ADONIS. links unter der Vorstellung: Peint par Poufsin. in der Mitte: Defsiné par Fragonard fils. rechts: Gravé par Baquoy.
H. 6" 3''', Br. 12" 9'''. Im Musée français.

348) Venus und Merkur.

Die nackte Göttin ruht vor einer Gruppe von drei Bäumen, zwischen welchen ihr Wagen wahrgenommen wird; links zu ihrer Seite sitzt der ebenfalls nackte Merkur. Vor den Füssen der Göttin kämpft in der Mitte vorne ein kleiner Liebesgott mit einem kleinen Satyr, den er zu Boden geworfen hat; rechts ist eine Gruppe von vier musicirenden und singenden Amoretten bei welchen ein fünfter steht, welcher zwei Kränze in beiden ausgestreckten Händen hält; ein sechster, oben schwebend, zielt mit seinem Bogen nach Merkur. Radirtes Blatt. Unten links in einem Buch: FABRITI CHLARUS (Chiari) ex. 1636 weiter gegen die Mitte in einem zweiten Buch: NICOLAVS PVSSINVS IN. Unter letzterem Namen sind die Spuren einer anderen Schrift sichtbar.
H. 10" 7''', Br. 14" 1'''.
* I. Vor Rossi's Adresse. II. Mit derselben.

349) Mars und Venus.

Mars sitzt in der Mitte auf einer Erdbank, auf welche er sein rechtes Bein gelegt hat, und ihm zur Seite Venus, im Begriff, ihn an sich zu ziehen; beide Götter sind nackt; Mars hält mit der Linken sein Schwert, mit der Rechten seinen Schild. Drei Amoretten sind beschäftigt, ihm Helm, Schild und Sandalen abzulösen. Links steht Amor mit verbundenen Augen. Rechts vorne sitzt ein Wolf, auf welchen ein Liebesgott zu steigen im Begriff ist. Links unten im Wasser: FABRITIVS CLARVS (Chiari) SCVL. 1635 rechts an einem Stein: NICOLAVS PUSSINVS INVENTOR. Radirtes Blatt.
H. 10" 6''', Br. 14".
*I. Vor Rossi's Adresse.   II. Mit derselben.

350) Derselbe Gegenstand, anders.
Im Louvre.

Andere Composition. Die beiden Liebenden ruhen am Fusse zweier Bäume, an welchen ein Tuch aufgehängt ist, Mars mit der Hand unter dem Kinn der Venus. Auf der entgegengesetzten Seite gewahrt man sieben Liebesgötter, von welchen zwei mit den Schwänen der Venus spielen.

Gestochen von M. Blot nach einer Zeichnung des Prudhomme.
H. 252 mill., Br. 350 mill. Le Blanc.
I. Vor aller Schrift.   II. Nur mit den Künstlernamen.

*351) Venus und Amor.

Die nackte Göttin ruht vorne an einem Wasser auf ihrem Gewand, sie wird im Profil nach links gekehrt gesehen, wendet aber den Kopf etwas gegen den Beschauer. Der in der Mitte bei ihr stehende Amor hält mit beiden Händen ihr Gewand empor. Im Unterrand drei Distichen: Pulcra Venus postquam liquido ——— darüber links: N. Poussin pinxit. rechts: Steph. Baudet sculpsit Romae 1665. unter den Distichen in der Mitte: A p*ris chez F. Chereau ———
H. 8" 4''', Br. 10" 8'''.
*II. Mit Chereau's Adresse.

*352) Dieselbe Darstellung.

Von der Gegenseite. Die beiden Figuren sind dieselben und befinden sich in derselben Haltung, aber die Landschaft ist eine andere. Auf dem vorigen Blatt ist die Landschaft gesperrt, hier gewährt sie Aussicht in den Grund, wo rechts jenseits eines Wassers Gebäude wahrgenommen werden. Im Unterrand ein Vers: Vous servir, Charmante Climene, ——— links: N. Poussin pinx. rechts: R. Hecquet sculp. unter dem Vers Duchange's Adresse.
H. 8" 1''', Br. 5" 11'''

353) Venus erscheint Aeneas.
Gall. des Sim. Clarke, welche 1840 versteigert wurde.

Die nackte Venus, zwischen drei Liebesgöttern und einem Schwan in der Mitte des Blattes schwebend, zeigt mit der Rechten auf eine links an einem Baum befindliche Rüstung und streckt die Linke gegen den rechts stehenden Aeneas aus, dessen Aufmerksamkeit bereits durch die Rüstung gefesselt wird. Unterhalb der Göttin ruht gegen links auf dem Boden ein zu ihr emporschauender Flussgott; hinter den Beinen des letzteren sitzt eine Nymphe, welche ihr Haar kämmt; eine zweite, vom Rücken gesehene Nymphe ruht rechts. Im Unterrand: Ille Deae donis, ——— Venus arme son fils ——— links: N. Poussin pinxit. rechts: Loir sculpsit.
H. 11" 11''', Br. 16" 4'''.
*I. Vor der Adresse des Mariette. II. Mit derselben.

354) Derselbe Gegenstand, anders.
Für den Fürst Cellamari in Neapel gemalt.

Die Composition gleicht im Wesentlichen der vorigen, Aeneas, nach rechts gekehrt, steht aber hier in der Mitte des Blattes, und die Göttin, bekleidet, erscheint ihm in ihrem Wagen. Links ruht ein Flussgott. Nymphen sieht man hier nicht. Im Unterrand: Nicolaus Pusinus pinxit axtat Neapoli — — — darunter in vier Columnen ein Gedicht, beginnend: Arma sub aduersa — — — und hierunter rechts: Franc. Aquila deliniauit et sculp.
H. 13" 3''' ohne die Schrift, Br. 16" 8'''.

355) Dieselbe Darstellung.
Im Unterrand zu beiden Seiten eines Wappens eine italienische Dedication an Filippo Accarisi vom Stecher Ign. Pavon, in der Mitte darunter die Adresse: Si vende presso Nicola de Antonj e Ignazio Pavon ——— links: Nicola Bianchi impresse. links unter der Vorstellung: Nicola Pofsino dip„ in der Mitte: Giovanni Emili dis„ rechts: Ignazio Pavon inc„
H. 17" 4''', Br. 21" 6'''.
I. Vor der Schrift. *II. Mit der Schrift.

*356) Die schlafende Venus von Satyrn belauscht.
Die nackte Göttin liegt in der Mitte vorne nach rechts gekehrt auf ihrem Gewande und vor ihr in entgegengesetzter Richtung ein kleiner Liebesgott. Zwei Satyrn haben sich herbeigeschlichen, der eine, den ein schwebender Liebesgott am Bart zupft, zieht das Gewand von der Göttin; rechts im Mittel-

grund schaut ein Schäfer, von unverhältnissmässig langen Verhältnissen, zwischen Bäumen der Scene zu. Links bei dem Wagen der Venus und in der Luft tummeln sich Liebesgötter. Im Unterrand: CUPIDO WAKENDE VOOR SYN SLAPENDE MOEDER — — — darunter holländische Reime, links: · N. Poussin Pinx. rechts: M. P. (M. Pool) Scul:
H. 7" 7''', Br. 10" 11'''.
Die späteren Abdrücke, ohne Namen des Stechers, haben W. de Broen's Adresse.

*357) Derselbe Gegenstand, anders.

Die nackte Göttin liegt in tiefem Schlaf auf ihrem Gewande im Vorgrund einer waldigen Gegend; zwei Satyrn haben sich herbeigeschlichen, der eine zieht das Gewand von den Lenden der Göttin hinweg, der andere lauscht hinter einem Baum. Amor, zu Haupten der Venus, eine Taube im Arm haltend, liegt rechts auf ihrem Gewand; links in einiger Entfernung gewahren wir unter einer Gruppe von Bäumen zwei Waldgötter. In der Mitte des Unterrands VENUS ENDORMIE, Surprise et découverte par un Satyre. links: Peint par N. Poussin rechts: Gravé par J. Daullé graveur du Roy 1760. unter dem Titel die Adresse des Stechers.
H. 14", Br. 19" 8'''.

358) Amor und Psyche.

Auf einem Bette schlafend. Mit dem Monogramm des J. van Bruggen. In Schwarzkunst. 4°.
Im Kat. Paignon Dijonval N. Poussin zugeschrieben.

*359) Pan und Syrinx.

In der Gallerie zu Dresden. Für Mr. Stella gemalt.

Im Vorgrund einer waldigen Landschaft mit einem mit Schilf bewachsenen Sumpf ruhen rechts vorne zwei Flussgötter. Pan, links, verfolgt durch das Schilf die schreiende, rechtshin entfliehende Syrinx. In der Mitte des Unterrands der Titel: Pan et Sirinx. Ovid. metam. livr. I. links: N. Poufsin pinxit, B. Picart sculpſit 1724.
H. 7" 1''', Br. 10" 2'''. In den Impost. innoc.

360) Die Geburt des Bacchus.

Merkur übergiebt den kleinen Gott, dessen Haupt strahlt, den Nymphen des Berges Nysa, zwei von ihnen nehmen das Kind in Empfang; während die eine es in ihre Hände nimmt, wendet die andere den Kopf nach rechts gegen die übrigen um, um diese von dem freudigen Ereigniss zu benachrichtigen; zwei von

diesen ruhen im Wasser. Links gewahren wir den zwischen Kräutern schlafenden Narciss, etwas weiter zurück die sitzende Figur des Echo, oben gegen links auf der Spitze eines Hügels Pan, die Rohrpfeife blasend, in den Lüften links Venus und in der Mitte Apoll in ihren Wagen. Im Unterrand rechts: Nicolaus Poussinus Inuen. et Pinx. Ioannis Verini sculp. Iacintus Paribenius Pistorien formis Romae. Radirtes Blatt.
H. 8" 2"', Br. 13" 6"'.
I. Vor der Adresse. *II. Mit derselben.

361) Derselbe Gegenstand, anders.
Gall. Erard zu Paris.

Im Wesentlichen der vorigen Composition gleich und nur in Nebendingen abweichend. Pan ist hier nach links, nicht, wie auf dem vorigen Blatt, nach rechts gekehrt; in den Lüften sieht man nicht die beiden zuvor genannten Götter, sondern hier links Jupiter, dem Hebe einen Becher mit Ambrosia reicht. Gestochen von Dambrun nach Borel's Zeichnung für das Galleriewerk des Herzogs von Orleans.

362) Derselbe Gegenstand.

Ob dieselbe Composition, können wir nicht sagen. Grosses Blatt von zwei Platten, ohne Namen des Stechers, aber dem J. Dughet zugeschrieben. Mit der italienischen Adresse des M. Giudice links unten.
Kat. Paignon Dijonval.

*363) Die Erziehung des Bacchus.
Im Louvre.

Im Vorgrund einer schönen Landschaft kniet rechts ein Satyr der eine Schaale mit der Linken hält, während er mit der Rechten den Saft aus Trauben drückt; der kleine Gott, von einem Satyr an den Achseln gehalten, trinkt begierig aus der Schaale; die Nymphe Ino, mit einem Thyrsusstab in der Hand, steht bei dieser Gruppe, und rechts umarmen sich zwei kleine Knaben. Links ruht eine nackte, schlafende Nymphe auf dem Rücken, ein kleiner Knabe liegt mit dem Kopf auf ihrem Leib und ein anderer hält eine Ziege am langen Halshaar. Unter der Vorstellung links: Poussin, Pinx. in der Mitte: Gallier, del. rechts: Panquet, aqua fort. Dupréel, Sculp. in der Mitte des Unterrands: BACCHANALE.
H. 7" 7"', Br. 10" 5"'. Im Musée français.

364) Dieselbe Darstellung.

Von M. Pool gestochen. Wir können die Schrift im Unterrand nicht angeben, da uns augenblicklich nur ein Probedruck vor aller Schrift vorliegt.
H. 13" 3''', Br. 18" 2'''.
Die späteren Abdrücke haben W. de Broeu's Adresse.

365) Bacchus und Ariadne.

In dieser Composition fesselt vorzugsweise die durch den Vorgrund vertheilte Bedienung des Bacchus den Beschauer, denn den Gott selbst sieht man zur Seite der Ariadne zurück im Blatt im Mittelgrund der Landschaft stehen. Eine nackte Bacchantin liegt, in Schlaf gesunken, auf dem Rücken in der Mitte vorne und zwischen ihren Beinen ein umgestürzter Weinkrug; ein Satyr lässt den einen Panther des Zweigespannes des Bacchus Wein aus einer Schaale lecken, während ein Bacchant ihm das Zuggeschirr abnehmen zu wollen scheint. Hinter diesen Figuren sieht man den von zwei Bacchanten gehaltenen trunkenen Silen auf einem Esel, der einer rechts tanzenden Bacchantin in den Arm beisst. Links bei dem Wagen zwei andere Bacchanten, der eine mit einem schweren Gefäss auf dem Nacken, eine Bacchantin und drei nackte Knaben, auf deren einen ein Ziegenbock klettert. Die Vorstellung ist von einem Rahmen eingeschlossen. In der Mitte des Unterrands: Triomphe de Bacchus et d'Ariane links und rechts davon eine Beschreibung, über der letzteren links: Poufin Pinx. L. Cheron deli. rechts: D. Beauvais Sculp. in der Mitte unter dem Titel die Adresse des G. Duchange.
H. 12" 11''', Br. 16" 4'''.

366) Das Bacchanal mit der Lautenspielerin.

Im Louvre.

Die Figuren sind durch den Vorgrund einer offenen, felsigen Landschaft vertheilt; fast in der Mitte sitzt nach rechts gekehrt eine Bacchantin, welche die Laute spielt, einem gegen rechts ruhenden, einander zugekehrten Bacchanten-Paar gegenüber; der Bacchant dieses Paares, vom Rücken gesehen, hält einen Becher einem tanzenden Bacchanten hin, welcher eben Wein in eine von einem Knaben gehaltene Schaale giesst; rechts sucht ein Knabe mit einer Maske einen anderen zu erschrecken; links eine Gruppe von drei Bacchanten, der eine hält einen Ziegenbock bei den Hörnern und der zweite giesst Wein auf den Kopf des liegenden dritten. Im Unterrand links: N. Poussin Pinx.

rechts: F. Ertinger del: et fculp: A° 1685. hierunter Daman's
Adresse.
H. 14" 9''', Br. 21" 3'''.
I. Vor Daman's Adresse. *II. Mit derselben.

*367) Das Bacchanal vor dem Tempel.
Nach einer Zeichnung. Ein ähnliches Gemälde ist in der Gall.
des Dav. Bevan.

Links spielt ein junger, gegen einen Baumstumpf gelehnter
Bacchant die Flöte, ein älterer, zu seiner Seite, tanzt und schlägt
die Castagnetten; gegen die Mitte des Blattes sitzt ein Satyr
und bei diesem eine vom Rücken gesehene Bacchantin, in deren
Schoos ein schöner Jüngling ruht, sie reicht eine Schaale einem
andern Bacchanten hin, damit dieser dieselbe mit Wein fülle;
zwischen letzterem und dem links befindlichen älteren Bacchanten eine tanzende Bacchantin. Rechts bei einer grossen Vase
drei Knaben und eine Herme des Pan. Im Unterrand links:
N. Poussin jnu. rechts: J. Mariette soulp. 1688. in der
Mitte die Adresse des P. Mariette.
H. 6", Br. 8" 7'''.

*368) Das Fest des Bacchus.
In der Eremitage zu St. Petersburg.

Tanz und Opfer im Freien bei der Statue des jungen Gottes; links
eine Gruppe von drei Mädchen und einem jungen Mann, welche mit
Tanz und Spiel den Gott verehren, in der Mitte knieen zwei Frauen,
Trauben und Wein darbietend, vor der Statue, ein Mann, mit
Früchten in einer Schaale, steht bei ihnen und hinter dem Rücken
dieses Mannes wirbelt Dampf aus einer Vase auf, bei welcher ein
Priester den Cultus vollzieht. Zwei Knaben führen rechts vorne
einen Ziegenbock herbei. Im Unterrand: FÊTE DE BACCHUS.
dann eine Dedication an die Kaiserin Katharina II. von Russ-
land vom Stecher, links: Peint par Nicolas Poufsin. rechts:
Gravé à Rome par Iean Henri Lips en 1786.
H. 15" 9''', Br. 21" 3'''.

369) Das Bacchanal mit den beiden Tänzerpaaren.
In der britischen Nationalgallerie.

Links vor der Herme des Pan versucht ein Satyr eine im
Tanze gefallene Bacchantin zu umarmen, wird aber in seinem
Vorhaben durch eine andere Bacchantin gehindert, welche ihn
am Haar packt und ein Gefäss in der Richtung seines Kopfes
schwingt. Diese wird wieder durch eine dritte am Arm zurück-

gehalten, welche einer Gruppe von zwei Tänzerpaaren angehört.
Rechts drei Knaben, von welchen einer, Trauben essend, bauchlings auf dem Boden liegt, der andere ein Napf in die Höhe hält, in welches eine der beiden tanzenden Bacchantinnen den Saft zerdrückter Trauben tröpfeln lässt. Unten gegen die Mitte: Le pouffin Inuentor et pinxit Huart excud auec preuillege. Gut radirtes Blatt eines unbekannten französischen Meisters in Perrier's Manier.
H. 9" 6''', Br. 13" 7'''.
*I. Vor der Adresse. *II. Mit der angezeigten Adresse des Huart.
*III. Mit van Merlen's Adresse.

370) Dieselbe Darstellung.
Gestochen von G. T. Doo. Qu.fol. In der National-Gallerie.

*371) Das Bacchanal mit dem trunkenen Silen.
Nach einer Handzeichnung.

Links zwischen zwei Panstermen ein Monument, vor dessen Fuss eine halbnackte weibliche Figur sitzt und an welchem die Worte META VLTIMA MERI stehen; der Zug der Bacchanten, von rechts herkommend, wo wir in demselben zwei Elephanten gewahren, bewegt sich auf dieses Monument zu, voraus schreitet eine tanzende Bacchantin und ein junger, die Doppelpfeife blasender Bacchant, dann folgt der trunkene, von zwei Bacchanten unterstützte Silen, diesem ein Mann mit einem grossen Weinkrug auf der Schulter. Oben in der Mitte am Himmel erscheint Venus in ihrem Wagen. Im Unterrand links: Nic. Poufsin del.^{t} rechts: J. Basire sc^t. 1768 in der Mitte: Ap^d. CR Edit.^{m} In Aquatinta und Handzeichnungsmanier.
H. 10" 9''', Br. 16" 11'''.
In Roger's Werk.

*372) Silen und Bacchus.

Bacchus, als schöner Jüngling vorgestellt, steht in der Mitte des Vorgrunds nach rechts gekehrt und lässt den Saft von Trauben, die er mit der Rechten zerdrückt, in eine Muschel tröpfeln, die Silen im Begriff ist ihm abzunehmen. Letzterer steht rechts vor einem Baum mit Wein und gegen eine Erdbank gelehnt, auf welche er seinen linken Arm stützt. Zur linken Seite des Baumes gewahren wir zwei Nymphen; ein Satyr, die Rohrpfeife blasend, sitzt vor den Füssen des Silen; links drei Knaben und ein junger Satyr, welche tanzen. Im Unterrand zu beiden Seiten eines Wappens: TE QUOQUE INEXTINCTAE, SILENE, — — — darunter eine italienische Dedication an die Princessin Caroline von Wales vom Stecher, und

links: In Firenze appo Niccolò Pagni. Links unter der Vorstellung: Niccolò Pussino dipinse in der Mitte: Luigi del Medico disegnò rechts: Luigi Fabri incise.
H. 17" 4''', Br. 21" 8'''.

373) Der Satyr bei den beiden Flussnymphen.
Scheint das früher in der John Purlingschen Sammlung befindliche Gemälde zu sein.

Vor einer Gruppe von drei Bäumen ruhen zwei Flussnymphen, ein Faun, ein Satyr und drei Knaben; die eine, rechts befindliche Nymphe, bekleidet, hält eine Wasserurne zwischen den Beinen, die andere, halbnackt, sitzt in der Mitte, gegen ihren Rücken lehnt ein nackter Knabe und dabei ruht links ein Faun, vor welchem, der Nymphe zugekehrt, ein Satyr liegt, der ein Trinkhorn an den Mund setzt; vorne in der Mitte zwei Knaben auf einem Gewand, von welchen der eine schläft. Rechts hinter der Erderhöhung, auf welcher diese Figuren ruhen, schreitet ein Satyr mit einem Korb mit Trauben auf dem Kopf. Im Unterrand links: N. Pouflin jnuent. rechts: F. L. D. Ciartres excud. Cum Priuil. Regis.
H. 9" 11''', Br. 14", 4'''.
Die Adresse ist die des Kupferstechers Franz Langlois, genannt ,Ciartres.
Radirung des Ant. Garnier. Rob.-Dum. N. 56.
*I. Beschrieben. II. Mit Mariette's Adresse.

*374) Die Bacchantinnen tödten Orpheus.

Orpheus liegt rechts zurück im vorderen Plan des Blatts am Boden und streckt die Rechte wie abwehrend gegen seine unter Spiel, Tanz und Gesang auf ihn eindringende Feindinnen empor; die beiden vorderen derselben schwingen einen Thyrsusstab und schleudern einen Stein gegen den unglücklichen Dichter. Links vorne eine schlafende Bacchantin, in der Mitte eine Gruppe von vier anderen, von welchen zwei, welche stehen, mit Einschenken von Wein beschäftigt sind. In der Mitte des Unterrands: Orphée tué par les Baccantes. Ovid. metam. livr. XI. links: N. Poufsin pinxit, B. Picard sculpsit 1724.
H. 7" 1''', Br. 12".
In den Impostures innocentes.

*375) Midas und Bacchus.
Gall. zu München.

Midas, der König der Phrygier, fleht, auf das Knie niedergesunken, zu Bacchus, die Gabe, das Berührte in Gold zu verwandeln, zurückzunehmen. Bacchus, nackt, den rechten Arm

aufgelehnt, steht zwischen einem am Boden liegenden Panther und dem links sitzenden dicken Silen; vor den Füssen dieser beiden Götter liegt eine nackte schlafende Bacchantin rücklings auf ihrem Gewand und vorne vor ihr ein schlafender Knabe. Rechts vorne spielen zwei Knaben mit einer Ziege, welche den einen, der eine Maske vor dem Gesicht hält, zu Boden gestossen hat. Lithographie von Ferd. Piloty mit der Unterschrift: MIDAS, KÖNIG IN PHRYGIEN — — — ZURÜKZUNEHMEN.
H. 17" 10''', Br. 23''. 11'''.
Die besseren Abdrücke sind auf chines. Papier.

*376) Ein Satyr, eine Nymphe und ein Liebesgott.
In der Eremitage zu St. Petersburg.

Eine nackte, von der Seite gesehene Nymphe sitzt rechts einem in der Mitte knieenden Satyr gegenüber, welcher aus einer Vase trinkt, deren Fuss ein Liebesgott hält. Die Vorstellung ist von einem Rahmen umschlossen. In der Mitte des Unterrands ein Wappen, zu beiden Seiten desselben: Quod mocro peccas, — — — links darunter: N. Poussin pinxit rechts: I. Coelemans Sculpsit 1705.
II. 13" 5''', Br. 11''.
Im Werk des Boyer d'Aiguilles.

377) Die auf einer Ziege reitende Nymphe.
In der Eremitage zu St. Petersburg.

Eine nackte Nymphe ist im Begriff auf eine Ziege zu steigen, wobei sie von einem Faun am Arme unterstützt wird; ein kleiner Liebesgott, welcher das Ende eines an die Hörner der Ziege geknüpften Blumenbandes hält, schwebt voraus und links rauft ein zweiter mit einem zu Boden geworfenen kleinen Satyr. In Schwarzkunst von A. Geiger. 1801.
H. 30" 9''', Br. 23''.
*I. Vor aller Schrift. II. Mit der Schrift.

*378) Dieselbe Darstellung.

Von der Gegenseite, wie es scheint die rohe Arbeit eines Dilettanten. Im Unterrand liest man zu beiden Seiten eines Wappens eine Dedication in Majuskeln an Hippolyt Lantes de Rovere unterzeichnet: Augustinus De Homo sculp links gegenüber diesem Namen: M. pusinus Inuentor.
H. 11''', Br. 8" 1'''.

379) Die auf dem Satyr reitende Nymphe.
Gall. des Earl of Darnley zu Cobham, früher in J. Blackwood's Sammlung.

Eine nackte Nymphe ist auf den Rücken eines in der Mitte

knieenden Satyrs gestiegen und hat ihr linkes Bein über dossen Schulter gelegt, beide Figuren, in Profil gesehen, sind nach links gekehrt, wohin auch die Nymphe mit der Rechten zeigt; ein kleiner Liebesgott, mit Thyrsusstab und Rohrpfeife, schreitet voraus, ein Faun, der einen Korb mit Trauben und einem Krug auf dem Kopfe trägt, dicht hinterher. In Schwarzkunst. Im Unterrand: BACCHANALIANS. From the Original Picture, — — — links: Nic? Pou(sin pinx! rechts: P,, T,, Tafsaert fecit in der Mitte über dem Titel: J. Boydell exc! 1769. welche Adresse rechts unten nochmals in englischer Sprache wiederholt ist.

H. 22" 11''', Br. 14" 1'''.

I. Vor der Schrift. * II. Mit der Schrift.

*380) Derselbe Gegenstand, anders.

Gall. zu Cassel.

Dieselbe Composition mit den nemlichen Figuren und in der nemlichen Haltung, nur in Nebendingen abweichend. In der vorigen Composition sieht man hinter der Figurengruppe starke, grosse Bäume, hier nur einen. — Gestochen von M. Blot. Da uns ein Abdruck vor aller Schrift vorliegt, können wir die Unterschrift nicht angeben.

H. 12" 11''', Br. 9" 11'''. Musée Napoleon.

*381) Narciss und Echo.

Im Louvre.

Der entseelte Narciss liegt vorne ausgestreckt auf dem Ufer des verhängnissvollen Flusses, Blumen spriessen bei seinem Kopf; Echo ruht in einiger Entfernung, den Kopf auf die Hand gestützt, an einem Fels bei einem Baum. Zur Linken dieses Baumes Amor mit brennender Fackel in der Hand. Im Unterrand: Narcisse metamorphosé en fleur — — — links: N. Poussin rechts: Graué par Audran (Gerard Audran) et ce vend a Paris — — — 2. Piliers d'or.

H. 10" 8''', Br. 16" 8'''.

382) Dieselben, anders.

Gall. zu Dresden.

Durch den Vorgrund einer bergigen Landschaft strömt ein kleiner Fluss, auf dessen Ufer grosse Bäume und Baumstümpfe stehen; der nackte Narciss sitzt in der Mitte des Blatts, mit dem Rücken gegen den Fuss eines Baums, im Wasser und betrachtet sich in demselben; Echo schreitet, von Amor am

Gewand vorwärts gezogen, von der Rechten herbei; links auf dem Ufer sitzt eine Flussgöttin, in ihrer Nähe weiter gegen die Mitte liegt ein schlafender Flussgott. Eine Anzahl Liebesgötter ist durch den Vorgrund verstreut, zwei von ihnen links sind mit Angeln beschäftigt. Im Unterrand: Ut puer, et uacuis ut inobseruatus — — — links: N. Poufsin pinx. in Aedib: Dni: Pifcatoris rechts: Jac. Frey del: et inc: Romae 1747.
H. 15″ 3‴, Br. 20″.
*Die früheren Abdrücke sind vor dem Wort Motam. hinter Ovid. Lib. IV.

*383) Salmacis und Hermaphrodit.

Hermaphrodit sitzt links auf dem mit Bäumen und Gebüsch bewachsenen Ufer eines Flusses auf einem Stein, Salmacis, durch den Fluss von der Rechten herbeigeschritten, umfasst mit beiden Händen seinen Leib, Schrecken malt sich auf seinem Gesicht, mit der Linken macht er eine abwehrende Bewegung. Ein Flussgott und eine Nymphe sitzen links in seiner Nähe. Von B. Picart gestochen. Der mir vorliegende Abdruck ist ohne jegliche Schrift.
H. 6″ 6‴, Br. 9″ 10‴.
In den Impostures innoc. des Picart.

*384) Badende Nymphen.
Für den Marschall de Crequy gemalt.

Im Vorgrund einer waldigen Gegend gewahren wir auf dem Ufer eines Flusses fünf Nymphen, die der Richtung ihrer Blicke und ihrer Haltung nach zu schliessen im Baden gestört, weil belauscht worden sind, zwei, in der Mitte, greifen nach ihren Gewändern, eine dritte flieht hinter einen Baum, die beiden andern, von welchen die links befindliche bekleidet ist, sitzen vorne einander gegenüber. Aller Blicke sind gegen den Beschauer gerichtet. Im Unterrand ein Vers: Nimphe d'efiés vous de cette onde traitresse, — — — links: Peint par N. Poussin. rechts: Gravé par Ed. I. (Jeaurat) en 1708. Unter dem Vers die Adresse von G. Duchange.
H. 8″ 1‴, Br. 6″.

385) Triumph der Galathea.
In der Eremitage zu St. Petersburg. Für Cardinal Richelieu gemalt.

Die schöne Tochter des Oceanus sitzt nackt auf ihrem mit zwei Delphinen bespannten Wagen, sie lenkt mit der einen Hand die Zügel des einen Delphins, während sie mit der andern ein über ihrem Kopfe schwebendes Tuch hält; zwei See-

nymphen zu ihren Seiten unterstützen sie, die eine stützt ihren Arm, die andere hält mit der einen Hand das wie ein Segel flatternde Tuch, mit der andern die Zügel des andern Delphins. Neptun, seinen Kopf zu Galathea umwendend, steht rechts in seinem von vier Seepferden gezogenen Wagen, mit Zügel und Dreizack in den Händen. Blumenstreuende Liebesgötter schweben oben, Nereiden und Tritonen sind im Gefolge der beiden Götter. Im Unterrand links: N. Poussin pinxit rechts: J. Pesne del. et fculp. cum priuil. Regis. in der Mitte: Ex Musaeo P. Formont D. de Brouanne Parisijs.
H. 17" 8''', Br. 23" 1'''.
I. Galathea ist ganz nackt. (Von dieser Abdrucksgattung kommen auch Gegendrücke vor.) *II. Ihre Schaam ist durch ein Tuch verhüllt.
Rob. Dum., J. Pesne, No. 30.

*386) Acis und Galathea.

Gall. des Earl Spencer zu Althorpe.

Die beiden Liebenden, in Begriff einander zu küssen, sitzen rechts vorne auf dem Ufer des Meeres, Polyphem, auf einer Rohrpfeife blasend, in geringer Entfernung auf einem über die See überhängenden Fels, zwei Liebesgötter halten hinter ersteren, wie um sie den Blicken des eifersüchtigen Polyphem zu entziehen, ein Tuch; links tummelt sich im Wasser eine Anzahl Seegötter. In der Mitte des Unterrands: Trahit fua quemque voluptas. Darunter: Ganiere ex. cum pri. Regi. links: Nic. Pouffain in. rechts: An. Garnier fe:
H. 10" 6''', Br. 15" 5'''.
Rob. Dum., A. Garnier, No. 55.

*387) Phaethon und Apoll.

Gall. zu Berlin.

Apoll sitzt rechts auf Gewölk im Zodiacusring und zu seiner Seite steht eine der Horen, der Frühling, welche mit der erhobenen Rechten Blumen streut, Phaethon, um die Erlaubniss den Sonnenwagen zu lenken, bittend, kniet vor Apoll; zwischen Phaethon und dem auf einer Rohrpfeife blasenden Saturn sitzt eine zweite Hore, der Sommer, mit einem Spiegel in der Hand; die beiden anderen Horen sind durch unten links und rechts sitzende nackte männliche Figuren vorgestellt, von welchen die links befindliche durch ein hinter ihrem Rücken stehendes Feuergefäss als Winter, die andere durch ein Füllhorn und Trauben als Herbst charakterisirt ist. Im Unterrand: Do sibi à Climene relatis Phaethon — — — links: Nicolaus Pufsinus Pinxit. rechts: Cozaro Fantetti fculp. Radirung.
H. 11" 3''', Br. 15" 6'''.

388) Dieselbe Darstellung.

Von der Gegenseite. Im Unterrand: Phaeton pour s'esclaircir du doute on il estoit — — — links: Poufsin pinxit rechts: Nicolaus Perolle fecit. Mariette ex. Radirtes Blatt.
H. 12" 2''', Br. 15" 9'''.
I. Vor Mariette's Adresse. *II. Mit derselben.

*389) Der Triumph der Flora.
Im Louvre.

Die Göttin sitzt auf einem prächtigen, durch zwei geflügelte Knaben gezogenen Wagen, und empfängt durch Mars einen Tribut von Blumen, den dieser ihr in seinem Schild anbietet. Nymphen, Amoretten und andere Figuren, meist mit Blumen und Kränzen, einige tanzend, begleiten den sich rechtshin bewegenden Zug. Im Unterrand zu beiden Seiten einer strahlenden Sonne mit den drei Lilien Frankreichs: L'EMPIRE DE FLORE. Au Roi. Graué d'après le Tableau — — — links unter der Vorstellung: N. Poussin Pinx. rechts: St. Fessard sc. 1770.
H. 19" 6''', Br. 28" 3'''.

*390) Dieselbe Darstellung.

Von der Gegenseite. Im Unterrand: Le Triomphe de Flore. Florae Triumphus. Darunter die Angabe der Grösse des Gemäldes, links: le Poussin pinx. rechts: Maria Horthemels sculp.
H. 7" 6''', Br. 10" 2'''.

*391) Das Reich der Flora.
Gall. zu Dresden. Gemalt für den Cardinal Omodei.

Gruppirung aller in Blumen verwandelten Personen. Rechts stürzt sich Ajax in sein Schwert; weiter gegen die Mitte kniet Narciss bei einer Vase mit Wasser, in welcher er sich, in sich verliebt, betrachtet; ihm gegenüber sitzt Echo; Flora, mit der Linken Blumen streuend, tanzt in der Mitte; Adonis mit einem Speer und begleitet von zwei Jagdhunden, Hyacinth, Crocus und Smilax sind links. Mehrere Knaben tanzen Hand in Hand hinter Flora. Oben sieht man den Sonnengott mit seinem Viergespann dahinjagen. Im Unterrand: L'Empire De Flore Ou les Metamorphofes des personnes — — — links: N. Poussin Pinx. rechts: graué par Girard Audran auec pri. aux 2. piliers d'or.
H. 13" 9''', Br. 18" 8'''.
Die Gruppe des Ajax, separatim radirt, vergleiche No. 304.

*392) Der Parnass.

Apoll sitzt gegen links auf dem heiligen Berg, die Musen stehen zu seiner Linken, vor ihm kniet ein Dichter, der ihm ein Buch überreicht, während eine der Musen im Begriff ist, den Dichter mit einem Lorbeerkranz zu krönen. Andere gekrönte Dichter stehen vorne auf beiden Seiten, drei rechts, fünf links, zwei Genien reichen diesen in Näpfen Wasser aus der heiligen Quelle der Pieriden, deren nackte Nymphe fast in der Mitte des Blattes ruht. Mehrere Bäume umgeben den geweihten Platz. Gestochen von J. Dughet.
H. 17" 9"', Br. 24" 7"'.

393) Der Tanz der vier Jahreszeiten.

Die Jahreszeiten, durch Bacchus, Merkur, Venus und eine geflügelte weibliche Figur vorgestellt, tanzen im Ringe nach der Leier des rechts am Fusse eines alten Baumes sitzenden Apollo. Zwei Schwäne, in der Nähe des letzteren vorne in einem Wasser, beissen nach einander. Links steht eine grosse Vase auf einem Sockel. Im Unterrand: Appollon fait danser les quatres Saisons links: N. Poussin pinx. rechts: J. J. Avril sculp. 1779. tiefer unten rechts: A Paris chez Avril — — — rue zacharie.
H. 13". Br. 18" 6"'.
I. Vor der Schrift. *II. Mit der Schrift.

*394) Mythologisches Figurenstudium.
Nach einer Federzeichnung.

In der Mitte vor einem Busch sitzt nach links gekehrt ein nackter Mann, bei dessen rechtem Fuss ein linkshin zeigender Liebesgott steht, er schaut nach rechts, wo ihm eine weibliche Figur, wohl die Venus, erscheint. Hinter dieser sitzt, fast vom Rücken gesehen, eine andere männliche Gestalt, vielleicht ein Flussgott. Ausser diesen Figuren sieht man noch rechts eine halbe männliche Figur, und links gegen oben eine sitzende, dem Merkur ähnliche Gestalt. Unten links: Gravé par B. Picart, d'après un dessin atribué au Poussin, du Cabinet de R. Picart. rechts oben die Zahl 44.
H. 5" 7"'. Br. 18".
Aus Picart's Impostures innoc.

395) Die fliehende Myrrha.
Gall. zu Cassel.

Myrrha, welche ihren Vater Cinyras verführt hat, entflieht nackt nach der linken Seite des Prachtzimmers, in welchem die

Scene vorgestellt ist, um durch die offen stehende Thür zu entkommen; der Vater, mit einem Dolch in der Rechten, erhebt sich rechts vom Bett, mit dem Vorsatz, die Tochter zu tödten; eine Gruppe von vier jungen Frauen oder Mädchen, eine mit einer Fackel, auf deren Gesichtern sich Schrecken über die entsetzliche That malt, steht in der Mitte, eine fünfte Frau, auf die Kniee gesunken, fleht um Gnade für die Tochter. Links in der Thür die Amme. In Schwarzkunst. Unten in der Mitte: DIE FLIEHENDE MYRHA darunter: Chalcograph: Gefellfchaft zu Defsau. links: Gemalt von Nicol. Poufsin, in der Landgraefl. Galerie zu Cafsel rechts: Gefchabt von Pichler.
H. 25" 9''', Br. 35" 6'''.
I Vor der Schrift. *II. Mit der Schrift.

396) Die Arbeiten des Herkules.

Die Gemälde grau in Grau.

Eine Folge von 19 Bll. mit Einschluss des Titels: HERCULIS LABORES. Ex archetypis N. Poussin Pictoris regij celebratissimi hic aere Incisos, Clarissimo Viro D. D. Michaeli Anguier Regis Christianissimi Sculptori Atque — — — In perpetui obsequij monumentum. J. Pesne D. C. Q. A Paris chez G. Audran rue S! Jacques au 2 pillier dor. Auec Priuilege du Roy 1678. Das Titelbl. ist 10" 4''' h. u. 10" 10''' br. 12 Bll. sind rund, 2 friesförmig, 2, die beiden Genien mit der Keule und dem Köcher des Herkules in 4°, die beiden übrigen, zwei Caryaden in fol. Die Blätter haben bis auf die beiden letzteren nur mit den Künstlernamen signirten, französische Unterschriften.
Rob. Dum., J. Pesne, Nr. 31—49.
I. Vor der Adresse des G. Audran. *II. Mit derselben. Von einigen Blättern kommen auch Abdrücke vor aller Schrift vor.

397) Herkules am Scheidewege.

Gall. des Richard Colt Hoare.

Composition von vier Figuren im Vordergrund einer felsigen Landschaft; Herkules, nackt, von vorne gesehen, steht in der Mitte und stützt seine Rechte auf eine Keule; die Tugend, eine weibliche Figur von reinem, strengem Wesen, himmelwärts mit der Rechten zeigend, steht rechts, links gegenüber das Laster in der Gestalt eines jungen Weibes von einem Liebesgott begleitet, welcher Herkules eine Rose anbietet. Umsonst sind die Lockungen des Lasters, die Aufmerksamkeit des Helden ist durch die Tugend gefesselt. Im Unterrand: Herculis Judicium. The Judgement of Hercules. Darunter ebenfalls

in lateinischer und englischer Sprache: E Tabula Nicolai
Poufsin, — — — links unter der Vorstellung: Nicolus
Poussin Pinx' rechts: Robertus Strange delin! et
sculp! Londini, 1759.
H. 17" 10''', Br. 13" 5'''.
Le Blanc 34. .
1. Vor der Schrift   *II. Mit der Schrift
Lips hat dieselbe Composition nach Strange für Lavater's Physiognomie gestochen.

*398) Hercules trägt die Dejanira.
Nach einer Zeichnung.

Eine Composition von acht Figuren in einer felsigen Landschaft mit einigen Bäumen, Herkules trägt mit beiden Armen seine Geliebte, linkshin schreitend, ein Liebesgott mit seiner Keule eilt voraus, zwei andere mit dem Löwenfell, das sie an einem Stock tragen, hinterher. Rechts bindet eine Nymphe ein Tuch um den Kopf eines vom Rücken gesehenen Flussgottes, links sitzt eine weibliche Figur mit einem Füllhorn. Im Unterrand: N. Poussin In. A Paris Chez Audran. Avec Priuilege du Roy.
H. 7" 8''', Br. 6" 4'''.

*399) Amoretten mit Seeungethümen spielend.
Nach einer Zeichnung.

Zwei Seenymphen entfliehen linkshin vor einem grossen, sie verfolgenden Delphin, auf dessen Kopf ein Liebesgott sitzt, während ein zweiter in der Windung seines Schwanzes eingezwängt ist und ein dritter, nebenher schwimmend, das Thier am Bart zupft. Zwei andere Amoretten spielen rechts vorne mit einem Krokodil. Links unten: le Poufin jnuentor. rechts: Philippe Huart excud. auec Priuilege du Boy. Radirung in A. Garnier's Manier.
H. 9" 4''', Br. 17" 1'''.

400) Die Allegorie auf das menschliche Leben.

Gallerie Hertford. Nach den Träumen des Polyphilus. Gemalt für den Prälat Giulio Rospigliosi oder Pabst Clemens IX., später in der Gallerie des Cardinals Fesch.

Vier allegorische weibliche Gestalten tanzen im Ringe im Vordergrund einer Landschaft nach der Leier des rechts sitzenden Saturn, es sind der Reichthum, die Lust, die Arbeit und die Armuth. Bei Saturn sitzt ein kleiner Knabe mit einer Sanduhr, links gegenüber bei dem Fusse einer Janusterme ein zweiter, welcher Seifenblasen haucht. Oben am Himmel fährt Phoebus in seinem goldenen, von den Horen umtanzten Wagen dahin, die

Blumen streuende Aurora fliegt seinem Viergespann rechtshin voraus. Im Unterrand zu beiden Seiten eines in der Mitte befindlichen Wappens: LUDIMUS INTEREA CELERI NOS LUDIMUR HORA. Darunter eine Dedication an den Grossherzog Ferdinand III. von Toscana von J. Volpato und R. Morghen, links unter der Vorstellung: Nicolaus Poufsin pinx! in der Mitte: Stephanus Tofanelli delin. rechts: Raph. Morghen sculp! Romae.
H. 16" 11''', Br. 21" 4'''.

I. Vor der Schrift. II. Mit angelegter Schrift, aber vor den Worten In Aedibus Rospigliosiis links unten im Unterrand. *III. Mit diesem Zusatz und mit vollendeter Schrift.

*401) Dieselbe Darstellung.

Von der Gegenseite; Saturn sitzt hier links. Unten in der Mitte im Boden: Nic. Poussin In. Gestochen von J. Dughet.
H. 14" 5''', Br. 18" 4'''.

*402a) Dieselbe Darstellung.

Ebenso. Im Unterrand: L'IMAGE DE LA VIE HUMAINE. Darunter eine sechszeilige Erklärung der Allegorie und hierunter die Adresse: a Paris chez la Ve de F. Chereau — — — links unter der Vorstellung: N. Poussin pinxit. B. Picart delineavit et sculp. direxit.
H. 8" 11''', Br. 1L."

Die späteren Abdrücke haben die angezeigte Adresse.

*402b) Dieselbe Darstellung.

Photographie im Werk: The Gallery of the most noble the Marquess of Hertford. London 1859, von Caldesi und Montecchi. Kl. qu. fol.

403) Die Zeit befreit die Wahrheit.
Im Louvre. Für Louis XIV. gemalt.

Saturn fliegt, nach links gekehrt, mit der Wahrheit, einer schönen nackten weiblichen Gestalt, welche er mit beiden Armen umfasst, himmelaufwärts, ein Genius, links daneben schwebend, hält seine Sichel und seinen Schlangenring; er hat seine Schützlingin den Nachstellungen des Zornes und Neides entrissen, welche allegorische Gestalten unten sitzen; der Zorn ist durch einen Dolch und eine brennende Fackel, der Neid durch Schlangenhaar charakterisirt. Plafond. Im Unterrand zu beiden Seiten eines Wappens eine Dedication an Mr. Perrault vom Stecher G. Audran. Darunter ein vierzeiliger Reim: Es vain la Colere et l'Enuie — — — und hierunter links: Graué

par G. Audran, et Se Vendent chez le Audran aux deux Piliers dOr rue Iacques auec pr. du. R.
H. 17" 10''', Br. 18" 5'''.
I. Vor der Schrift, dem Wappen und dem leichten Tuch vor dem Leibe der Wahrheit. II. Mit der Schrift, aber der Adresse aux Gobelins. *III. Mit der Adresse aux deux Piliers dOr. *IV. Ebenso und mit dem Tuch vor der Schaam der Wahrheit. V. Mit Buldet's Adresse. VI. Letztere Adresse ist ausgelöscht. Die Platte verwahrt die Chalcographie im Louvre.

*404) Dieselbe Darstellung.

Von der Gegenseite. Im Unterrand: VERITAS AB IRA ET LIVORE TEMPORIS AUXILIO — — — LE TEMS DELIVRE LA VERITÉ — — — darunter ebenfalls in lateinischer und französischer Sprache: Ex Tabulâ Nicolai Poussin — — — hierunter in der Mitte: B. Picart ex. C. P. B. rechts: B. Picart sculp. direxit.
H. 7" 8''', Br. 7" 4'''.

405) Dieselbe Darstellung.

In Schwarzkunst von Pet. Schenk. Nicht in Plafondform.
H. 8" 7''', Br. 6" 7'''.

406) Dieselbe Darstellung.

Radirt von Denon; nur Saturn mit der Wahrheit und dem Genius, der Neid und der Zorn sind weggelassen.
H. 4" 5''', Br. 5" 10'''.

407) Derselbe Gegenstand, anders.

Die Composition enthält die nemlichen Figuren bis auf den Zorn, welcher durch die Zwietracht ersetzt ist, sie befinden sich im Vorgrund einer Landschaft vor einem links und rechts eine Aussicht zulassenden Felsen. Saturn, links schwebend, fasst die auf dem Boden sitzende Wahrheit am Arm, während er mit der andern Hand den Neid, der sich vor Wuth in den Arm beisst, zurückschiebt. Die Zwietracht, rechts sitzend, ist durch zwei brennende Fackeln charakterisirt, deren eine sie nahe an den nackten Fuss der Wahrheit hält. Im Unterrande ein italienisches Gedicht: Se mai turba il Ciel Sereno — — — dazwischen in der Mitte: ALLA NOBIL DONNA LA SIGNORA CATERINA MARCONI NATA GIUSTINIANI vom Stecher J. Folo, links unter dem Boden: Nic. Poussino dip. rechts: Giovanni Folo inc. in Roma.
H. 16" 7''', Br. 20" 9'''.
I. Vor der Schrift. *II. Mit angelegter oder gerissener, III. mit ausgefüllter Schrift.

*408) Dieselbe Darstellung.

Von der Gegenseite. Unten rechts im Boden: Nic. Poussin In. Gestochen von J. Dughet, dessen Name aber nicht auf dem Blatt vorkommt.
H. 14" 4''', Br. 18" 3'''.

*409) Rinaldo und Armida.
Gall. zu Berlin. Gemalt für J. Stella.

Reichere Composition als die folgende, mit Flussgottheiten und einer Anzahl Liebesgötter, deren vier in Gemeinschaft mit Armida den schlafenden Helden rechtshin davontragen, ein fünfter schwebt vorweg, wie um den Weg zu zeigen. Links ein Flussgott und zwei Flussnymphen, jenseits des Flusses bei einer Säule zwei Soldaten, von welchen der eine, auf seinen Schild gelehnt, sitzt. Im Unterrand zu beiden Seiten eines Wappens eine lateinische Dedication an den Maler C. le Brun vom Stecher G. Chasteau, links darunter: N. Pouffin, Pinxit. G. Chafteau, fculpsit, et ex. cum priuilegio Regis. — — —
H. 15", Br. 18" 10'''.

410) Dieselbe Darstellung.
Von der Gegenseite. Gestochen von Phil. Simoneau. Qu. fol.

411) Dieselbe Darstellung.
Radirt von Ch. Massé. Im Unterrand links: Poussin de- lin. rechts: Massé Sculp Cum priuil Regis.
H. 205 mill., Br. 265 mill. Cab. Jabach. Rob. Dum., Ch. Massé, No. 98.
I. Vor der Schrift. II. Mit derselben.

*412) Derselbe Gegenstand, anders.
Gall. Dulwich.

Armida kniet neben dem schlafenden jungen Helden, den sie bei einer Gruppe von drei mächtigen Bäumen gefunden hat, und zückt einen Dolch in ihrer Rechten, um ihm den geschwornen Todesstoss zu geben, wird aber von seiner Schönheit dergestalt geblendet, dass ihr Vorhaben in Nichts zerrinnt. Ein Liebesgott hält ihren Arm zurück. Im Unterrand: Armide cherchant a se vanger de Regnault — — — darüber links: N. Poussin pinxit rechts: Graué par Audran. A Paris — — — auec Priuilege.
H 14" 4''', Br. 19" 3'''.

*413) Dieselbe Darstellung.

Von der Gegenseite und mit einigen Abweichungen in Nebendingen. Die Bäume, hier links, sind mit einem Theil ihrer be-

laubten unteren Zweige, im vorigen Blatt dagegen nur mit den zweiglosen Stämmen sichtbar. Im Unterrand: Renault et Armide. darunter in drei Zeilen eine kurze Beschreibung und dann Surugue's Adresse, links unter der Vorstellung: N. Poussin pinx. rechts: P. Dupin Sculp 1722.
H. 9" 7''', Br. 7" 6'''.

*414) Tancred und Erminia.
In der Eremitage zu St. Petersburg.

Erminia und Vafrino haben den verwundeten, besinnungslos daliegenden Tancred gefunden, erstere, ein erhobenes Schwert haltend und vor Schmerz ihr Haar reissend, kniet in der Mitte, Vafrino fasst den Helden unter den Armen, um ihn aufzurichten; ihre beiden Reitpferde haben sie an zwei Bäume gebunden. Rechts schweben zwei Liebesgötter mit Fackeln herab. Links liegt ein Erschlagener. Im Unterrand zu beiden Seiten eines Wappens: TANCREDUS & ERMINIA. Gulielmo Lock, Arm. Factam ad Archetypum, — — — links unter dem Bilde: N. Poufin Pinxit rechts: Ger. Vander Gucht sculpsit.
H. 15", Br. 20" 2'''.

415) Die Arkadischen Schäfer.
Im Louvre.

In der Mitte des Vordergrundes einer weiten schönen Landschaft mit einigen Bäumen sind drei Hirten mit dem Lesen der Worte: ET IN ARCADIA EGO welche an einem Gemäuer stehen, beschäftigt, einer derselben hat sich auf das Knie niedergelassen und zeigt mit dem Finger auf die Buchstaben; eine junge schöne Frau, ernsthaft zuschauend, steht bei ihnen und hat ihren Arm auf den nackten Rücken des neben ihr befindlichen, vorübergeneigten Schäfers gelegt. Im Unterrand: LES BERGERS D'ARCADIE. darunter: C'étoit la fête de Pan, Dieu des campagnes — — — links unter der Vorstellung: Peint par Nicolas Poufsin. rechts: Defsiné & Gravé par Maurice Blot. in der Mitte: Déposé à la Bibliothéque Impériale en 1810. rechts unter der Schrift: Imprimé par Rambox. Ecrit par Picquet Jeune.
H. 19" 10''', Br. 25" 10'''.
I. Vor der Schrift. II. Mit angelegter, *III. mit vollendeter Schrift.

416) Dieselbe Darstellung.
In der Mitte des Unterrands: Les Bergers d'Arcadie. links: N. Poufsin Pinx. rechts: J. Mathieu Sculp. Alb! Reindel Perfec!
H. 10''', Br. 12" 10'''.
*I. Mit Nadelschrift. II. Ebenso, aber mit Reindel's Namen hinter dem des Mathieu. *III. Mit vollendeter Schrift.

*417) Dieselbe Darstellung.

Von der Gegenseite. Die im Profil gesehene Frau ist hier nach rechts gekehrt. Unten in der Mitte im Boden: N. Poussin pinxit rechts die Buchstaben B. P., Zeichen des Bern. Picart. Im Unterrand: Le Souvenir de la mort au milieu des prosperitez de la vie. l'Arcadie est une Contrée — — — links unter dem Boden: Picart rom! ex S! Iaques rechts: au Buste d Monseigneur.
H. 8" 6''', Br. 11" 10'''.

*418) Dieselben, anders.
Gall. des Herzogs von Devonshire.

Die Composition besteht ebenfalls aus vier Figuren, eine von diesen stellt jedoch den Flussgott Ladon vor, welcher rechts vorne, vom Rücken gesehen, sitzt; zwei Schäfer und eine junge Frau lesen die zuvor angezeigte Inschrift an einem rechts befindlichen Grabmal, der eine Schäfer zeigt mit dem Finger auf die Buchstaben. Zu beiden Seiten eines in der Mitte des Unterrandes befindlichen Wappens der Titel: The SHEPHERDS in ARCADIA. hierunter eine Dedication an den Herzog von Devonshire vom Verleger J. Boydell, links darüber: J,, Mortimer delin! rechts: S,, F,, Ravenet Sculp! links unter der Schrift die No. 3. und die Adresse des J. Boydell.
H. 16" 8''', Br. 13" 4'''.

419) Eine arkadische Hirtenscene.

Rechts auf einem Stein sitzt ein Hirt, welcher eine Flöte in der Hand hält und einen Kranz auf dem Schooss liegen hat, er betrachtet zärtlich eine Hirtin, welche ihn mit der Rechten liebkost und mit der Linken einen Hund streichelt. Hinter ihnen führt in der Mitte ein Hirt eine Ziege zu einem jungen Mädchen, welches eine andere Ziege melkt, und links hütet ein Junge die Heerde. Im Unterrand links: Nic Poussin inv. et pinx. rechts: P. Peyron sculp. 1805 in der Mitte: SCÈNE PASTORALE darunter links: Ti Duole — — — rechts: Tu souffre ingrat — — —.
H. 277 mill., Br. 431 mill. Prosp. de Baudicour, P. Peyron, No. 10.
I. Vor der Schrift. II. Mit der Schrift.

420) Das Begräbniss des Genius.
Gall. Lichtenstein zu Wien. Zweifelhaftes Bild.

Genien tragen einen todten Kameraden auf offener Bahre zu Grabe, der Zug ist links vorne die Stufen eines Tempels oder einer Säulenhalle herabgekommen und bewegt sich in einer Krüm-

mung gegen den Mittelgrund rechts, um hier die Stufen eines
Gebäudes hinanzusteigen, an dessen Thür drei Priesterinnen die
auf den Stufen ankommende Vorhut des Zuges in Empfang
nehmen. Rechts vorne und links, sowie in der Mitte hinter der
Treppe zuschauende Männer und Frauen. Radirung des C.
Agricola.
H. 11" 2''', Br. 15" 11'''.
* Die ersten Abdrücke sind vor der Unterschrift: Les Funerailles
d'un Génie.

*421) Blindekuh spielende Kinder.

Composition von fünf Kindern im Vorgrund einer Landschaft
mit Bäumen und mit Gemäuer rechts. Zwei Kinder eilen linkshin, ein drittes, in der Mitte, mit verbundenen Augen, hinter
ihnen her und nach ihnen greifend, die beiden anderen, rechts,
scheinen letzteres zu necken. Der mir vorliegende Abdruck
hat im breiten Unterrand keine Unterschrift. Links unter dem
Boden steht mit der Nadel gerissen: Peint par Poufsin in
der Mitte: Gravé par Ph^{pe} Caporali rechts: dir. et term.
par J^{ph} Longhi.
H. 8" 11''', Br. 12" 5'''.

*422) Das Kind mit dem Füllhorn.

Allegorische Vorstellung des Ueberflusses. Ein nackter Knabe,
mit einem Blumenkranz um den Kopf, liegt nach rechts gekehrt
bauchlings auf einem Weingefäss und hält im linken Arm ein
Fruchthorn. Links hinter einem Felsen einige Bäume. Ein viereckiger Rahmen umschliesst die Vorstellung. In der Mitte des
Unterrands: L'Abondance rechts unter dem Rahmen: Gravé
par Delattre.
H. 10" 5''', Br. 8" 6'''.

423) Spielende Kinder.

Gall. des Marquis von Westminster.

Fünf nackte Kinder spielen im Vorgrund einer Landschaft
mit Bäumen; zwei belustigen sich mit Schmetterlingen, zwei
andere liegen in der Mitte, der eine, auf einem Tuch, wird von
dem anderen gestreichelt, der fünfte, rechts hinter diesem, bückt
sich über einen Korb mit Aepfeln. Unten in der Mitte: P.
Mariette excu.
H. 8" 8''', Br. 6" 1'''. Nach Defer eine Radirung des Chev. Henri d'Avice
und zu einer von M. Dorigny und Chaperon gestochenen Folge Bacchanale ge-
hörig. Es ist dasselbe Blatt, von welchem Rob. Dumeuil im Artikel des N.
Poussin Vl. 202. spricht.
I. Vor Mariette's Adresse. *II. Mit derselben.

424) **Dieselbe Darstellung.**

Quer Oval, von W. Baillie radirt, ohne die landschaftliche Umgebung. Das auf dem Tuch liegende Kind ruht auf Blumen. Der Unterschrift zufolge ist im Bilde der Zank — the Quarrel — zwischen Amor und Psyche vorgestellt. Das Gemälde befand sich in der Sammlung des Wellborn Ellis Agar.
* I. Vor aller Schrift.
Smith hat dieselbe Composition für die Forster Gallerie, R. Woodman für Tresham's Gallerie gestochen.

*425) **Vier mit Schmetterlingen spielende Kinder.**
Nach einer Zeichnung.

Sie befinden sich im Vorgrund einer Landschaft zwischen links und rechts stehenden Bäumen, einer, links sitzend, betrachtet sich einen Schmetterling, die drei übrigen greifen nach einem davonfliegenden. In Aquatinta. Links unter der Vorstellung der Buchstabe V. rechts: I T Serres Sculp' 1778.
H. 5" 1''', Br. 6" 3'''.

*426) **Jagende Genien.**

Quer Oval. Aus dem Blatt Venus und Adonis. Fünf Genien verfolgen rechtshin einen Hasen, welchen die drei vorderen bereits ergriffen haben. In punktirter Manir gestochen von W. Baillie. In der Mitte unter der Vorstellung: CUPIDS HUNTING. darunter ein vierzeiliger Vers, datirt Oct! 20th 1779.
H. 8" 3''', Br. 9" 2'''. In Farben gedruckt.

427—428) **2 Bl. Kinderbacchanale.**
Im Palast Chigi zu Rom.

427) Rechts auf dem Rand einer grossen Vase steht ein Kind, welches eine Janusterme bekränzt; links ein mit einem Ziegenbock bespannter Wagen. In Aquatinta, wie das folgende Blatt. Links unten: ango(?)del. in der Mitte: du Poussin. Palais Chigi à Rome. rechts: Saint Non Sc. 1772. Oben links im Rand die Zahl 52. Nach Fragonard's Zeichnung.
H. 4" 10''', Br. 6" 8'''.

428) In der Mitte reitet ein Knabe, einen Thyrsusstab schwingend, auf einem Ziegenbock, dem ein anderer links eine Satyrmaske entgegenhält. Unten links: du Poussin dans le palais Chigi à Rome. rechts: Saint Non Sc. 1772. Links oben im Rand die Zahl 53.
H. 4" 11''', Br. 6" 8'''. In Saint Non's Voyage pittoresque d'Italie.

429) **Zwei Kinder.**

Das eine isst Weintrauben, das andere trinkt aus einem Krug. Klocting sc. et exc. Kl. fol.
Kat. Paignon Dijonval.

430) **Titelkupfer für die Biblia sacra, Paris 1642.**

Rechts steht eine weibliche Figur mit verhülltem Gesicht und mit der Statue der Sphynx in den Händen, links ein geflügelter Engel, welcher, während er den Kopf nach links umwendet, in ein grosses, auf sein Knie gestütztes Buch schreibt. Ueber diesen Figuren schwebt der strahlende, mit beiden Händen segnende Gott Vater. In einem viereckigen, überhöhten Rahmen. Gestochen von Cl. Mellan.
H. 15" 3''', Br. 9" 9'''. Anat. de Montaiglon 306.
*I. Vor der Schrift.

431) **Titelkupfer zu: De imitatione — Christi, Paris 1640.**

Allegorische Darstellung mit Engeln und einem die Attribute des Krieges, der königlichen Macht und des Reichthums verachtenden Christen, welcher rechts an der Erde kniet. Gestochen von Cl. Mellan.
H. 305 mill., Br. 206 mill. Anat. de Montaiglon 301.
I. Vor aller Schrift.

432) **Titelkupfer zu den Werken des Virgil 1641.**

Apollo, rechts stehend, mit seiner Linken die Lyra haltend, krönt den Dichter Virgil mit einem Lorbeerkranz; Virgil hält ein Buch gegen sein Bein. Oben zwischen den Köpfen der beiden Figuren schwebt ein Genius mit einem Spiegel und einer Pansflöte. Die Vorstellung ist von einem aus Laubwerk gebildeten viereckigen Rahmen eingeschlossen. Gestochen von Cl. Mellan.
H. 13" 5''', Br. 8" 8'''. Anat. de Montaiglon No. 303.
*I. Vor der Schrift.

Copie für eine kleine Ausgabe des Juvenal, von M. Burghers.
H. 5" 9''', Br. 3" 8'''.

433) **Titelkupfer zu den Werken des Horaz 1642.**

Die Muse Thalia, welche den rechten Fuss auf einen Steinwürfel gesetzt hat und mit der Rechten eine Laute auf ihrem Bein hält, steht dem Dichter Horaz gegenüber, dem sie eine Satyrmaske vor das Gesicht mit der Linken hält; beide Figuren sind in Profil vorgestellt, Horaz mit einem gerollten Papier in der Rechten; ein oben schwebender Liebesgott hält einen Lorbeerkranz über seinem Kopf. Gestochen von Cl. Mellan.
H. 12" 10''', Br. 8" 4'''. Anat. de Montaiglon 305.
*I. Vor der Schrift.

434) Titelblatt zu Fr. Barberini's Documenti d'Amore. Der Autor oder Dichter, ganze Figur, sitzt an einem Tische und ist mit Schreiben beschäftigt. Gestochen von S. Vouillemont.
H. 7" 2''', Br. 5" 3'''. Nagler.

*435) Eine Vorstellung zu Ferrarii's Hesperiden. Zwei Nymphen bieten einem rechts vorne auf einem Delphin sitzenden Meergott in einem Korbe Melonen an, deren eine dritte links pflückt. Rechts etwas weiter zurück zwei andere Seegötter, welche Wasserurnen halten. Im Unterrand: Nicolaus Pouffinus delin. Cornelius Bloemaert. sculp.
H. 10" 11''', Br. 7" 7'''.

Landschaften.

*436—439) Die Jahreszeiten.

Im Louvre. Für Cardinal Richelieu gemalt.

Landschaften mit alttestamentlichen Scenen, von J. Audran und J. Pesne gestochen. Mit lateinischen und französischen Unterschriften und viereckigen Rahmen um die Bilder.
H. 16" 9''', Br. 22" 6'''.
I. Vor Gantrel's Adresse. *II. Mit derselben. III. Diese Adresse ist ausgeschliffen, jedoch nicht spurlos. Die Chalcographie im Louvre bewahrt die Platten.

436) VER. Das Paradies. Von Audran.
437) AESTAS. Boas und Ruth. Von Pesne. Rob. Dum. 27.
438) AUTUMNUS. Die Kundschafter mit der Weintraube. Von Pesne. Rob. Dum. 28.
439) HIEMS. Die Sündfluth. Von Audran. Wie No. 3 unseres Katalogs.

Vom Paradies giebt es eine verkleinerte gegenseitige Copie vom Kupferstecher Fr. Geisler in Nürnberg mit Weglassung der Thiere. 1811.
H. 3" 11''', Br. 5" 3'''.
*Die Aetzdrücke dieser Copie sind vor der Luft.

440—443) 4 Bl. Landschaften.

Eine König Ludwig XIV. dedicirte, von Baudet gestochene Folge. Im Unterrand das französische Wappen, eine Dedication an König Ludwig und hierunter eine Beschreibung oder Erklärung der Bilder.
I. Vor der Schrift und dem Wappen. *II. Beschrieben. III. Mit Chereau's Adresse. Die Chalcographie im Louvre verwahrt die Platten.

440) Die Landschaft mit Polyphem.

In der Eremitage zu St. Petersburg. 1649 für Mr. Pointel gemalt.

Ein Satyr und Faun, ersterer rechts vorne in einem Busch versteckt, letzterer hinter einer felsigen Erhöhung, belauschen drei Wassernymphen, die sich erschreckt in eine Gruppe zusammendrängen, links ruht ein Flussgott und etwas weiter zurück sieht man einen ackernden Bauer. Der Riese Polyphem, die Panpfeife blasend und fast vom Rücken gesehen, sitzt in der Höhe des Grundes auf dem Gipfel eines Berges. Links unten unterhalb der Linieneinfassung des Bildes: Point par Nicolas Poussin rechts: Dessiné et graué par Estiene Baudet — — — A Paris 1.

H. 20" 1''', Br. 27" 7'''.

441) Die Landschaft mit Diogenes.

Im Louvre.

Der Cyniker steht rechts vorne auf dem Rand eines Wassers, sein Napf liegt am Boden, sein Begleiter, dem er eine Anweisung zu geben scheint, hat sich auf das Knie niedergelassen und trinkt Wasser aus der Hand. Felsige Höhen mit Bäumen und Gebäuden schliessen im Grunde der Landschaft einen Fluss ein. Links unten innerhalb der das Bild einschliessenden Linienbordüre: P. P. N. Poussin rechts: D. et G. par Est. Baudet — — — a Paris 2.

441a) Dieselbe Darstellung.

In der Mitte des Unterrands: DIOGÈNE. links: Point par N. Poussin rechts: Gravé par J. Grébert. Mit dem Namen Drouart's als Druckers.

H. 13" 3''', Br. 18" 4'''.

*I. Mit Nadelschrift.

441b) Dieselbe Darstellung.

Gestochen von Reindel und Haldenwang für das Musée Napoleon.

H. 10", Br. 13" 11'''.

*I. Vor der Schrift, mit gerissenen Künstlernamen.

442) Der von der Schlange umstrickte junge Mann.

1650 für Mr. Pointel gemalt, nach dessen Tode das Gemälde in Mr. Moreau's Besitz kam.

Eine grosse Schlange hat einen links vorne auf dem felsigen Rande eines kleinen Flusses liegenden jungen Mann umstrickt;

ein älterer Mann, voll Schrecken, entflieht rechts gegen die Mitte des Blatts zu, wo eine Frau, welche vor Schrecken die Arme ausbreitet, kniet. Im Mittelgrund der Landschaft ein See mit Fischern, Badenden und anderen Figuren am Ufer. Links unten, innerhalb einer die Vorstellung einschliessenden Linienbordüre: P. Par N. Poussin rechts: G. par E. Baudet G! ord. — — — a Paris. 3.
H. 20" 1''', Br. 27" 8'''.

443) Die Landschaft mit Orpheus.
Im Louvre.

Der Sänger, himmelwärts blickend, sitzt rechts vorne und singt zu den Tönen der Leier; zwei Franen, vor ihm sitzend, lauschen seinem Gesange, ein junger Mann, mit einem Kranz im Haar, steht in Gedanken vertieft bei diesen, und hinter dem Rücken des Mannes kniet die erschrockene Eurydice, welcher eine Schlange in den Fuss gebissen hat; ein auf dem Rande eines den Mittelgrund einnehmenden Flusses sitzender Angler schaut sich um. Auf dem jenseitigen Ufer des Flusses ziehen fünf Männer ein Schiff. Unten links innerhalb der die Vorstellung einschliessenden Linienbordüre: P. par N. Poussin rechts: G. par E. Baudet — — — à Paris 4
H. 20" 2''', Br. 27" 8'''.

*443a) Dieselbe Darstellung.

In der Mitte des Unterrands: ORPHÉE links unter der Vorstellung: Peint par N* Poussin, in der Mitte: Dessiné par Vallaert, rechts: Gravé à l'Eau forte par Desaulx, et terminé par Bovinet.
H. 8" 6''', Br. 13" 2'''. Im Musée français.

444—447) 4 Bl. Landschaften.

Eine dem Prinzen Condé dedicirte, von Steph. Baudet gestochene Folge. Im Unterrand Wappen, Dedication und Titel.
I. Vor der Schrift und dem Wappen. *II. Beschrieben. III. Mit Chereau's Adresse.
Die Chalcographie im Louvre bewahrt die Platten.

444) Der Wasser schöpfende Mann.
Gall. Dulwich. Für den Staatssecretair Mr. Passart gemalt.

Rechts vorne bei niedrigem Gemäuer, auf welchem ein Tuch liegt und ein Korb mit Früchten steht, ruht ein Mann nebst einer Frau, deren Aufmerksamkeit auf einen zweiten Mann gerichtet ist, welcher Wasser mit einem Krug schöpft; das Wasser, links

vorne, scheint aus einer Wölbung am Fusse eines verfallenen Gebäudes hervorzukommen. Eine dammartige Strasse zieht sich aus der Mitte vorne in gerader Richtung in den Hintergrund. Links unten: N. Poussin Pinxit. P. Mortimer delineauit. rechts: Seph. Baudet Sculpsit. cum Priuilegio Regis christianissimi. 2.
H. 20" 2"', Br. 27" 10"'.

*444a) Dieselbe Darstellung.

In der Mitte des Unterrands: Le repos des Voyageurs. links: Poufsin pinxit weiter unten: Deposé à la Bibliothéque Imperiale rechts: J. L. Allais sculp. weiter unten: A Paris, chez Osterwald l'ainé ——— No. 20. Kreidestich und Aquatinta.
H. 17" 6"', Br. 24" 2"'.

*444b) Dieselbe Darstellung.

Von der Gegenseite. Links unter der Umrahmung des Bildes: S. V. fc. (S. Vallée) rechts: N. Poussin pinxit gegen die Mitte unten im Unterrand die Adresse des P. Drevet.
H. 9" 11"', Br. 18" 5"'.

445) Der Reisende, welcher seine Füsse am Brunnen wäscht.

In der Nationalgall. zu London.

Links vorne ein aus Quadern gemauerter Brunnen, dessen Wasser in ein rundes steinernes Bassin fliesst, welches auf zwei Quadern steht; ein Wanderer sitzt am Rande des diese Quadern umspülenden, aus dem vollen Bassin überfliessenden Wassers und ist mit dem Waschen seiner Füsse beschäftigt. Rechts gegenüber ruht bei dem Postament einer abgebrochenen Säule ein anderer Wanderer neben einer Frau, mit welcher er sich unterhält. Etwas weiter zurück schreitet eine zweite Frau mit einem Fruchtkorb auf dem Kopf und einem anderen unter dem Arm rechtshin vorüber. Links unten: N. Poussin pinxit. P. Mortimer delineavit rechts: Steph. Baudet sculpsit cum Prinilegio regis Christianissimi.
H. 20" 2"', Br. 27" 9"'.

*445a) Dieselbe Darstellung.

Von der Gegenseite. Links unter der Vorstellung: S. V. (Vallée) sc. rechts: N. Poussin pinxit. Mit Drevet's Adresse.
H. 9" 8"', Br. 13" 4"'.

445b) Dieselbe Darstellung.

In Schwarzkunst. In der Mitte des Unterrands: A GRECIAN VOTARY. Zu beiden Seiten dieses Titels ein vierzeiliger englischer Vers, links: Painted by N. Poufsin. darunter: From a Picture in the Collection of S: G. Beaumont B: rechts: Engraved by W. Pether. hierunter: Publifh'd as the Act directs — — — Pall Mall.

H. 17" 1''', Br. 22" 6'''.

1. Vor der Schrift. *11. Mit derselben.

446) Zwei Männer mit der Leiche des Phocion.

Im Louvre.

In der Mitte vorne tragen zwei rechtshin schreitende Männer den todten, mit einem Tuch verhüllten tapferen Athener, der den Giftbecher trinken musste und nicht zu Grabe bestattet werden durfte. Man sieht im Grunde des Blatts die Stadt Athen. Unten links: N. Poussin Pinxit. P. Monier delineavit. rechts: Steph. Baudet sculpsit et execud. c. pri. Regis Christianissimi 1684 A Paris.

H. 20" 3''', Br. 27" 7'''.

*446a) Dieselbe Vorstellung.

Von der Gegenseite. Links unter dem Rahmen, womit die Vorstellung eingefasst ist: S. Vallée fculpsit. rechts: N. Poussin pinxit 17. in der Mitte unten im Unterrand P. Drevet's Adresse.

H. 9" 11''', Br. 13" 6'''.

447) Die Frau, welche die Asche des Phocion sammelt.

Im Louvre.

Gegenstück zum vorigen Blatt. In der Mitte des Vorgrunds eine knieende, vornübergeneigte, nach links gekehrte Frau, welche mit beiden Händen die Asche des Phocion zusammenhäuft, eine zweite, sich nach rechts umschauende Frau steht hinter ihr. Im Mittelgrund gewahrt man auf dem Ufer eines kleinen, an Prachtgebäuden vorüberfliessenden Wassers eine Anzahl Figuren in verschiedenen Beschäftigungen, drei unter diesen schiessen mit der Armbrust nach der Scheibe. Unten links: N. Poussin pinxit. P. Monier delineauit. rechts: Steph. Baudet sculpsit. cum Priuilegio Regis Christianissimi. 3.

H. 20" 1''', Br. 27" 9'''.

*447a) Dieselbe Darstellung.

Von der Gegenseite. Links unter dem Rahmen, welcher die Vorstellung umgiebt: S. V. fc. (S. Vallée) rechts: N. Poussin pinxit. in der Mitte unten im Unterrand P. Drevet's Adresse.
H. 9" 11''', Br. 13" 5'''.

*447b) Dieselbe Darstellung.

Ebenfalls von der Gegenseite. Kreidestich und Aquatinta. Im Unterrand: Les Cendres de Phocion recueillies. links: N. Poussin pinx. weiter unten: Deposé à la Direction des Estampes rechts: Jazet sculp. weiter unten: A Paris, chez Osterwald — — — No. 2.
H. 17" 9''', Br. 24" 3'''.

*448) Die Landschaft mit der Findung Mosis.

In der Composition überwiegt das Landschaftliche, so dass die Figurengruppe, welche in der Mitte vorne befindlich ist, nur die Staffage bildet. Diese Gruppe besteht aus der Königstochter und fünf Dienerinnen, von welchen eine, der Gebieterin gegenüberstehend, das Kind auf den Armen hält. Landschaft mit weiter Ferne, vorne Bäume, im Mittelgrund links auf dem jenseitigen Ufer des Nils die Gebäude eines Schlosses. Im Unterrand: MOYSE SAUVE DES EAUX. links: Peint par Poussin in der Mitte: les Figures gravées par Aug. Desnoyers. rechts: l'eau forte du Paysage par Filhol et terminé par Niquet. links weiter unten: A Paris, chez Osterwald — — rechts: Deposé à la Bibliotheque Nationale.
H. 13" 3''', Br. 16" 11'''.

*449) Jonas wird in die See geworfen.

Gall. der Königin von England.

Auf der hochwogenden, gegen die felsige Küste brandenden See rechts das Schiff, aus welchem der Prophet geworfen wird; der Wallfisch, in geringer Entfernung vom Schiff, reisst den Rachen weit auf. Der Blitz fährt in ein auf der felsigen Küste in halber Höhe im Mittelgrund gelegenes Gebäude. Links vorne auf der Küste eine Gruppe von fünf zuschauenden Männern, von welchen drei sitzen. In der Mitte des Unterrands: A Capital Picture in the Gallery — — — links: Nich. & Gasper Poussin pinxerunt. rechts: Vivares Sculp.
H. 16", Br. 22" 5'''.

Die früheren Abdrücke haben hinter: Published July die Jahreszahl 1748, die späteren 1774.

*450) Die Landschaft mit der Himmelfahrt der heil. Jungfrau.
Gall. Dulwich.

Maria entschwebt, auf Gewölk sitzend, oben in der Mitte des Blatts, sie breitet die Arme aus und ist nach rechts gekehrt. Vor Bergen, welche den Hintergrund der Landschaft begrenzen, sieht man in halber Höhe eine Stadt und diesseits derselben einen Fluss, der rechts einen Wasserfall bildet. Bäume wachsen am Fluss, links vorne erhebt sich ein, wie es scheint, kahler Baum, dessen Fuss durch ein Felsstück verdeckt ist. In Aquatinta und farbig gedruckt. Auf einem beigeklebten Zettel folgende Schrift: THE ASSOMPTION OF THE VIRGIN, From the Original by N. POUSSIN, — — — Drawn, engraved, and published by R. Cockburn, Dulwich.
H. 8" 4"', Br. 6" 5"'.

*451) Die Landschaft mit Mercur und Argus.
In Rom.

In der Mitte des Vorgrundes einer felsigen Landschaft, in deren Mittelgrund rechts ein Fluss sichtbar ist, steht von der Seite gesehen und nach rechts gekehrt Merkur mit seinem geflügelten Helm oder Hut auf dem Kopf, er bläst die Flöte, deren Tönen der ihm gegenübersitzende, in Nachsinnen versunkene Argus lauscht. In der Nähe, etwas weiter nach rechts, steht eine Kuh, und im Mittelgrunde bemerkt man andere Kühe. Im Unterrand zwei lateinische Distichen: SALTIBUS IN RIGUIS IO DUM — — — links unter dem Bilde: Nicolaus Poussin pinxit in der Mitte: Henricus Voogd delineavit rechts: Joan: Volpato sculp. et vendit Romae.
H. 17" 10"', Br. 26" 2"'.

Das Gegenstück zu diesem Blatt bildet die Landschaft mit Dido und Aeneas von Casp. Poussin, ebenfalls von Volpato gestochen.

*452) Die Landschaft mit der Satyrfamilie.

In einer links durch zwei Felsen gesperrten Landschaft mit einigen Bäumen in der Mitte und etwas Wasser links vorne vor dem Fuss der Felsen gewahren wir rechts vorne eine Satyrfamilie, die Frau lässt ihren kleinen Knaben auf einer Ziege reiten, der Satyr, der einen Sack unter dem Arm und an einem

Stock über der Schulter, wie es scheint, Trauben trägt, schreitet daneben her. Radirung des E. Edward.
H. 14" 1"', Br. 18" 7"'.

Der mir vorliegende Abdruck, ohne alle Schrift, scheint ein Aetzdruck zu sein, da sich unten links im Wasser und oben rechts in der Luft mehrere Aetzflecken zeigen.

*453) Die Landschaft mit Pyramos und Thisbe.
Gall. des Earl von Ashburnham. Für den Cav. del Pozzo gemalt.

Offene Landschaft mit einem Gewittersturm, mit Wasser und Gebäuden im Mittelgrund. Pyramos liegt entseelt vorne gegen die Mitte, Thisbe, voll Schrecken, eilt mit ausgebreiteten Armen von der Linken herbei. Weiter zurück sieht man den Löwen eine Heerde mit drei berittenen Hirten verfolgen und das Pferd des einen dieser Hirten zerfleischen, während der zweite Hirt mit einem Speer nach dem Thiere sticht. Im Unterrand: A Land-Storm; Wherein is represented the Story of Pyramus and Thisbe; — — — rechts unter dem Bilde: Vivares & Chatelin Sculp. Jos. Gonpy Delineavit, in der Mitte: J. Boydell excu! 1769.
H. 15" 6"', Br. 22" 2"'.
Es giebt seltene Abdrücke auf chinesisches Papier.

*454—459) 6 Bl. Landschaften.
Eine Folge, von L. Chatillon gestochen, mit N. Poilly's Adresse.

454) Die Landschaft mit St. Johannes.
Gall. des S. Thom. Baring.

Der Heilige sitzt vorne in einer bergigen Landschaft mit Bäumen, Gebäuden und Ruinen, er ist nach rechts gekehrt und schreibt seine Offenbarung auf eine Pergamentrolle, welche er mit der Rechten hält. Hinter seinem Rücken der Adler. Unten links im Boden: N. Poussin Pinxit Lu. de Chastillon sculp. N. Poilly ex. C. P. R.
H. 11" 5"', Br. 16" 1"'.

455) Die Landschaft mit den beiden Nymphen.
In einer gebirgigen Landschaft mit einem Schloss rechts auf der Höhe im Mittelgrund sitzen in der Mitte vorne zwei halbnackte Nymphen an einem Wasser, sie schauen sich nach rechts um, wo eine Schlange das felsige Gehänge hinaufkriecht. Links vorne eine Gruppe von drei Bäumen. Im Unterrand links: N. Poussin inuen. et pinx. rechts: N. Poilly ex. C. P. R.
H. 10" 11"', Br. 15" 11"'.

456) **Die Frau, welche sich die Füsse wäscht.**
1650 für Mr. Passart gemalt.

In einer hügelichten, hinten durch Berge begrenzten Landschaft sitzt vorne auf dem Rand eines Wassers eine Frau, welche sich den Fuss wäscht, etwas weiter links eine ältliche Frau, die ihr Kinn auf ihre Hand stützt und einen Korb mit Früchten neben sich stehen hat; ein Mann oder Faun, ein wenig weiter zurück, lauscht hinter einer Erderhöhung. Links unten im Boden: N. Poussin Inue. et Pin. Ohne Namen des Stechers.
H. 11" 4''', Br. 16" 2'''.

457) **Der vom Blitz getroffene Baum.**
1650 für Mr. Pointel gemalt.

Der Blitz fährt von der Rechten herab in einen vorne stehenden Baum, von welchem er zwei Aeste abreisst, der untere Ast fällt auf zwei, vor einen Bauernwagen gespannte Ochsen, die auf die Vorderfüsse niedersinken. Ein Mann hat sich vor den Ochsen zu Boden geworfen, ein zweiter eilt linkshin, und im Wagen gewahren wir zwei erschrockene Frauen. Links Gebäude. Links im Unterrand: N. Poussin, Inue, et Pin. Ohne Namen des Stechers.
H. 10" 11''', Br. 15" 8'''.

458) **Die Landschaft mit den drei Mönchen.**

In der Mitte des Vorgrundes einer wilden gebirgigen Landschaft mit Bäumen gewahren wir eine Gruppe von drei Mönchen, einer derselben steht, die beiden anderen sitzen einander zugekehrt. Im Unterrand links: N. Poussin Inue et Pin. Ohne Namen des Stechers.
H. 11", Br. 15''' 11'''.

459) **Die drei Männer in Unterredung.**

Eine bergige Landschaft mit Wasser vorne, mit einem Fluss links und Gebäuden rechts im Mittelgrund; in der Mitte hinter einer Erdbank oder einem Hügel ruhen drei Männer, die durch ihre Stäbe als Hirten charakterisirt sind, sie sind im Gespräch begriffen, denn der eine zeigt nach hinten, der mittlere nach links, wo in geringer Entfernung hinter dem Ufer des Flusses zwei andere Hirten mit zwei Pferden wahrgenommen werden. Unten im Wasser gegen links: Nic.[us] Pouffin. Inu. et pin. rechts: N. Poilly excu. C. P. R.
H. 11" 6''', Br. 16" 4'''.

460) Die Grotte Ferrata, bei Rom.

Ein von Hügeln, welche mit Bäumen bewachsen sind, eingeschlossener Platz, auf welchem links ein gemauerter Brunnen steht, dessen ablaufendes Wasser sich gegen vorne windet. Eine Frau schöpft Wasser aus dem länglichen Behälter; zwischen dem Ende des Behälters und einem runden Postament steht ein vom Rücken gesehener Mann. Ein wenig weiter zurück sitzt ein zweiter Mann, rechts eine Frau. Unter der Vorstellung links: Nach einer Scize von N. Poufin radiert von J. Gauermann.
H. 12" 3''', Br. 16" 4'''.
I. Vor M. Barra's Adresse. *II. Mit derselben.

*461) Die Landleute am Brunnen.

Rechts vor einem Gehölz ein Brunnen mit einem gemauerten länglichen Wasserbehälter; ein Bauernbursche ist auf diesen Behälter gestiegen, um vom frisch aus dem Brunnen hervorkommenden Wasserstrahl zu trinken; zwei Frauen, die eine mit einem Wasserkrug auf dem Kopf, die andere, vom Rücken gesehen und im Gespräch mit einem bei ihr stehenden Bauer, stehen weiter gegen die Mitte vor dem Behälter. Das Wasser des Brunnens fliesst gegen die untere linke Ecke ab. Links im Mittelgrund ein Monument. Im Unterrand steht mit der Nadel gerissen: Peint par N. poussin Tiré du Cabinet de Monsieur de champvieux Gravé à L'eau forte par — — — J. J. DB (Boissieu) 1804.
H. 10" 2''', Br. 13" 5'''.
Rigal No. 141.
* Von diesem Blatt giebt es eine gute Copie von Denon. H. 10" 1''', Br. 13" 4'''.

*462) Die runde Landschaft.

Rechts vorne vor einem Hügel eine Gruppe Bäume, deren Fuss durch Gesträuch verdeckt ist, links im Mittelgrund ein Fluss, rechts auf dem erhöhten felsigen Ufer verschiedene Gebäude. Unten links im Rand: Poussin jnucnit v. Meulen ex. cum priuil Regis. In Chatillon's Manir.
Durchm. 6" 4—5'''.

*463) Ueberreste antiker Sculpturwerke.
Nach einer Zeichnung.

Sie nehmen die linke Hälfte des Vorgrundes einer Landschaft ein und befinden sich bei einer Baumgruppe, vor Anderem fallen besonders die Statue einer auf einem Postament sitzenden Göttin und eine Janusterme in die Augen. Zwei

Frauen und ein jüngeres Mädchen, letzteres rechts vor einem Stier stehend, betrachten die Statue der Göttin, die ein Mann oder Künstler mit einem Buch in der Hand, in der Mitte hinter dem Postament stehend, ebenfalls beschaut. Links unter der Vorstellung: Pussino Inv: rechts: F. Bartolozzi fcul. H. 6", Br. 8" 7"'.

Die Landschaft mit Orion.

Wir haben in der Einleitung bemerkt, dass Poussin das seltene Glück gehabt, dass fast alle seine Gemälde in Kupfer gestochen worden sind. Unter den wenigen, unter seine schönsten Hervorbringungen zählenden, nicht auf Kupfer gebrachten Compositionen ist die Landschaft mit Orion, jetzt in Besitz des J. Sandford, eine der vorzüglichsten. Poussin malte sie 1658 für Mr. Passart. Zur Veranschaulichung dieses herrlichen Gemäldes drucken wir Will. Hazlitt's schöne Beschreibung aus dessen Criticisms on Art, London 1844. ab.*)

* ON A LANDSCAPE OF NICOLAS POUSSIN.—"And blind Orion hungry for the morn." — Orion, the subject of this landscape, was the classical Nimrod; and is called by Homer, "a hunter of shadows, himself a shade." He was the son of Neptune; and having lost an eye in some affray between the gods and men, was told that if he would go to meet the rising sun, he would recover his sight. He is represented setting out on his journey, with men on his shoulders to guide him, a bow in his hand, and Diana in the clouds greeting him. He stalks along, a giant upon earth, and reels and falters in his gait, as if just awaked out of sleep, or uncertain of his way; you see his blindness, though his back is turned. Mists rise around him, and veil the sides of the green forests; earth is dank and fresh with dews, the "grey dawn and the Pleiades before him dance," and in the distance are seen the blue hills and sullen ocean. Nothing was ever more finely conceived or done. It breathes the spirit of the morning; its moisture, its repose, its obscurity, waiting the miracle of light to kindle it into smiles; the whole is, like the principal figure in it, "a forerunner of the dawn." The same atmosphere tinges and imbues every object, the same dull light "shadowy sets off" the face of nature: one feeling of vastness, of strangeness, and of primeval forms pervades the painter's canvas, and we are thrown back upon the first integrity of things. This great and learned man might be said to see nature through the glass of time; he alone has a right to be considered as the painter of classical antiquity. Sir Joshua has done him justice in this respect. He could give to the scenery of his heroic fables that unimpaired look of original nature, full, solid, large, luxuriant, teeming with life and power; or deck it with all the pomp of art, with temples and towers, and mythologic groves. His pictures "denote a foregone conclusion." He applies nature to his purposes, works out her images according to the standard of his thoughts, embodies high fictions; and the first conception being given, all the rest seems to grow out of, and be assimilated to it, by the unfailing process of a studious imagination. Like his own Orion, he overlooks the surrounding scene, appears to "take up the isles as a very little thing, and to lay the earth in a balance." With a laborious and mighty grasp, he put nature into the mould of the ideal and antique; and was among painters (more than any one else) what Milton was among poets. There is in both something

Zeichnenbücher.

464) Das Zeichnenbuch von I. Pesne.

30 Blätter mit dem Titel: LIVRE DE PORTRAITURE DU POUSSIN Par I. Pesne. A PARIS. Glieder und Theile des

of the same pedantry, the same stiffness, the same elevation, the same grandeur, the same mixture of art and nature, the same richness of borrowed materials, the same unity of character. Neither the poet nor the painter lowered the subjects they treated, but filled up the outline in the fancy, and added strength and reality to it; and thus not only satisfied, but surpassed, the expectations of the spectator and the reader. This is held for the triumph and the perfection of works of Art. To give us nature, such as we see it, is well and deserving of praise; to give us nature, such as we have never seen, but have often wished to see it, is better, and deserving of higher praise. He who can show the world in its first naked glory, with the hues of fancy spread over it, or in its high and palmy state, with the gravity of history stamped on the proud monuments of vanished empire,—who, by his "so potent art," can recal time past, transport us to distant places, and join the regions of imagination (a new conquest) to those of reality,—who shows us not only what nature is, but what she has been, and is capable of,—he who does this, and does it with simplicity, with truth and grandeur, is lord of nature and her powers; and his mind is universal, and his Art the master-art!

There is nothing in this "more than natural," if criticism could be persuaded to think so. The historic painter does not neglect or contravene nature, but follows her more closely up into her fantastic heights, or hidden recesses. He demonstrates what she would be in conceivable circumstances and under implied conditions. He "gives to airy nothing a local habitation," not "a name." At his touch, words start up into images, thoughts become things. He clothes a dream, a phantom, with form and colour and the wholesome attributes of reality. His art is a second nature; not a different one. There are those, indeed, who think that not to copy nature, is the rule for attaining perfection. Because they cannot paint the objects which they have seen, they fancy themselves qualified to paint the ideas which they have not seen. But it is possible to fail in this latter and more difficult style of imitation, as well as in the former humbler one. The detection, it is true, is not so easy, because the objects are not so nigh at hand to compare, and, therefore, there is more room both for false pretension and for self-deceit. They take an epic motto or subject, and conclude that the spirit is implied as a thing of course. They paint inferior portraits, maudlin lifeless faces, without ordinary expression, or one look, feature, or particle of nature in them, and think that this is to rise to the truth of history. They vulgarise and degrade whatever is interesting or sacred to the mind, and suppose that they thus add to the dignity of their profession. They represent a face that seems as if no thought or feeling of any kind had ever passed through it, and would have you believe that this is the very sublime of expression, such as it would appear in heroes, or demigods of old, when rapture or agony was raised to its height. They show you a landscape that looks as if the sun never shone upon it, and tell you that it is not modern—that so earth looked when Titian first kissed it with his rays. This is not the true ideal. It is not to fill the moulds of the imagination, but to deface and injure them; it is not to come up to, but to fall short

menschlichen Körpers u. Brustbilder. H. 4" 4''' — 6" 11''', Br. 6" 6''' — 9" 9'''. Auf dem Titel Poussin's Bildniss.

Rob. Dum., J. Pesne, No. 52—81.

I. Vor den Nummern, vor Langlois Adresse im Unterrand, nur mit Auec Priuil. II. Mit den Nummern und mit Langlois Adresse.

of the poorest conception in the public mind. Such pictures should not be hung in the same room with that of Orion.*)

Poussin was, of all painters, the most poetical. He was the painter of ideas. No one ever told a story half so well, nor so well knew what was capable of being told by the pencil. He seized on, and struck off with grace and precision, just that point of view which would be likely to catch the reader's fancy. There is a significance, a consciousness in whatever he does (sometimes a vice, but oftener a virtue) beyond any other painter. His Giants sitting on the tops of craggy mountains, as huge themselves, and playing idly on their Pan's-pipes, seem to have been seated there these three thousand years, and to know the beginning and the end of their own story. An infant Bacchus or Jupiter is big with his future destiny. Even inanimate and dumb things speak a language of their own. His snakes, the messengers of fate, are inspired with human intellect. His trees grow and expand their leaves in the air, glad of the rain, proud of the sun, awake to the winds of heaven. In his 'Plague of Athens,' the very buildings seem stiff with horror. His picture of the 'Deluge' is, perhaps, the finest historical landscape in the world. You see a waste of waters, wide, interminable; the sun is labouring, wan and weary, up the sky; the clouds, dull and leaden, lie like a load upon the eye, and heaven and earth seem commingling into one confused mass! His human figures are sometimes "o'er-informed" with this kind of feeling. Their actions have too much gesticulation, and the set expression of the features borders too much on the mechanical and caricatured style. In this respect, they form a contrast to Raffaelle's, whose figures never appear to be sitting for their pictures, or to be conscious of a spectator, or to have come from the painter's hand. In Nicolas Poussin, on the contrary, everything seems to have a distinct understanding with the artist: "the very stones prate of their whereabout;" each object has its part and place assigned, and is in a sort of compact with the rest of the picture. It is this conscious keeping, and, as it were, internal design, that gives their peculiar character to the works of this artist. There was a picture of Aurora in the British Gallery a year or two ago. It was a suffusion of golden light. The Goddess wore her saffron-coloured robes, and appeared just risen from the gloomy bed of old Tithonus. Her very steeds, milk-white, were tinged with the

---

* Everything tends to show the manner in which a great artist is formed. If any person could claim an exemption from the carefull imitation of individual objects, it was Nicolas Poussin. He studied the antique, but he also studied nature. "I have often admired," says Vignuel de Marville, who knew him at a late period of his life, "the love he had for his art. Old as he was, I frequently saw him among the ruins of ancient Rome, out in the Campagna, or along the banks of the Tyber, sketching a scene that had pleased him; and I often met him with his handkerchief full of stones, moss, or flowers, which he carried home, that he might copy them exactly from nature. One day I asked him how he had attained to such a degree of perfection, as to have gained so high a rank among the great painters of Italy? He answered, 'I have neglected nothing.'"— *See his Life lately published.* It appears from this account that he had not fallen into a recent error, that Nature puts the man of genius out. As a contrast to the foregoing description, I might mention that I remember an old gentleman once asking Mr. West, in the British Gallery, if he had ever been at Athens? To which the President made answer, "No; nor did he feel any great desire to go: for that he thought he had as good an idea of the place from the Catalogue, as he could get by living there for any number of years." What would he have said, if any one had told him he could get as good an idea of the subject of one of his great works from reading the Catalogue of it, as from seeing the picture itself! Yet the answer was characteristic of the genius of the painter.

*465) Ein anderes Zeichnenbuch.

Folge von 13 unten numerirten Blättern mit dem Titel:
Liure pour aprendre à désigner auec les proportions

yellow dawn. It was a personification of the morning. Poussin succeeded better in classic than in sacred subjects. The latter are comparatively heavy, forced, full of violent contrasts of colour, of red, blue, and black, and without the true prophetic inspiration of the characters. But in his Pagan allegories and fables he was quite at home. The native gravity and native levity of the Frenchman were combined with Italian scenery and an antique *gusto*, and gave even to his colouring an air of learned indifference. He wants in one respect, grace, form, expression; but he has everywhere sense and meaning, perfect costume and propriety. His personages always belong to the class and time represented, and are strictly versed in the business in hand. His grotesque compositions in particular, his Nymphs and Fauns, are superior (at least, as far as style is concerned) even to those of Rubens. They are taken more immediately out of fabulous history. Rubens's Satyrs and Bacchantes have a more jovial and voluptuous aspect, are more drunk with pleasure, more full of animal spirits and riotous impulses; they laugh and bound along—

"Leaping like wanton kids in pleasant spring:"

but those of Poussin have more of the intellectual part of the character, and seem vicious on reflection, and of set purpose. Rubens's are noble specimens of a class; Poussin's are allegorical abstractions of the same class, with bodies less pampered, but with minds more secretly depraved. The Bacchanalian groups of the Flemish painter were, however, his master-pieces in composition. Witness those prodigies of colour, character, and expression at Blenheim. In the more chaste and refined delineation of classic fable, Poussin was without a rival. Rubens, who was a match for him in the wild and picturesque, could not pretend to vie with the elegance and purity of thought in his picture of 'Apollo giving a Poet a Cup of water to drink,' nor with the gracefulness of design in the figure of a nymph squeezing the juice of a bunch of grapes from her fingers (a rosy wine-press) which falls into the mouth of a chubby infant below. But, above all, who shall celebrate, in terms of fit praise, his picture of the shepherds in the Vale of Tempe going out in a fine morning of the spring, and coming to a tomb with this inscription:—ET EGO IN ARCADIA VIXI! The eager curiosity of some, the expression of others who start back with fear and surprise, the clear breeze playing with the branches of the shadowing trees, "the valleys low, where the mild zephyrs use," the distant, uninterrupted, sunny prospect speak (and for over will speak on) of ages past to ages yet to come!*

Pictures are a set of chosen images, a stream of pleasant thoughts passing through the mind. It is a luxury to have the walls of our rooms hung round with them, and no less so to have such a gallery in the mind, to con over the relics of ancient art bound up "within the book and volume of the brain, unmixed (if it were possible) with baser matter!" A life passed among pictures, in the study and the love of art, is a happy noiseless dream: or rather, it is to dream and to be awake at the same time; for it has all "the sober certainty of waking bliss," with the romantic voluptuousness of a visionary and abstracted being. They are the bright consummate essences of things, and "he who knows of these delights to taste and interpose them oft, is not unwise!" The Orion, which 1

---

* Poussin has repeated this subject more than once and appears to have revelled in its witcheries. I have before alluded to it, and may again. It is hard that we should not be allowed to dwell as often as we please on what delights us, when things that are disagreeable recur so often against our will.

des parties qui ont esté choisie dans les ouurages de N. Poussin et graué par J. Pesne. A Paris Chez Audran, — —
H. 6″ — 8″ 1‴, Br. 5″ 1‴ — 11″ 6‴.
Rob. Dum., J. Pesne, No. 82—94.

Die beiden ersten Blätter mit Theilen des menschlichen Gesichts tragen in späteren Abdrücken die No. 27 und 28 und gehören in diesem Zustand in ein Zeichnenbuch des G. Audran.

*466) Ein anderes.

25 Blätter mit Poussin's Portrait an der Spitze, Köpfe, halbe und ganze Figuren und Gruppen aus berühmten Gemälden des Meisters; Kreidestiche von Carrée, M. A. Louise Duclos, Brinclaire und Jacquinot. 4. fol. qu. fol. Die Folge scheint mehr Blätter zu enthalten.

---

have here taken occasion to descant upon, is one of a collection of excellent pictures, as this collection is itself one of a series from the old masters which have for some years back embrowned the walls of the British Gallery, and enriched the public eye. What hues (those of nature mellowed by time) breathe around, as we enter! What forms are there, woven into the memory! What looks, which only the answering looks of the spectator can express! What intellectual stores have been yearly poured forth from the shrine of Ancient Art! The works are various, but the names the same — heaps of Rembrandts frowning from the darkened walls, Rubens's glad gorgeous groups, Titians more rich and rare, Claudes always exquisite, sometimes beyond compare, Guido's endless cloying sweetness, the learning of Poussin and the Caracci, and Raffaello's princely magnificence, crowning all. We read certain letters and syllables in the Catalogue, and at the well-known magic sound, a miracle of skill and beauty starts to view. One might think that one year's prodigal display of such perfection would exhaust the labours of one man's life; but the next year, and the next to that, we find another harvest reaped and gathered in to the great garner of Art, by the same immortal hands—

"Old GENIUS the porter of them was;
He letteth in, he letteth out to wend."

Their works seem endless as their reputation — to be many as they are complete — to multiply with the desire of the mind to see more and more of them, as if there were a living power in the breath of Fame, and in the very names of the great heirs of glory "there were propagation too!" It is something to have a collection of this sort to count upon once a year; to have one last, lingering look yet to come. Pictures are scattered like stray gifts through the world, and while they remain, earth has yet a little gilding left, not quite rubbed off, dishonoured, and defaced. There are plenty of standard works still so be found in this country, in the collections at Blenheim, at Burleigh, and in those belonging to Mr. Angerstein, Lord Grosvenor, the Marquis of Stafford, and others, to keep up this treat to the lovers of Art for many years: and it is the more desirable to reserve a privileged sanctuary of this sort, where the eye may dote, and the heart take its fill of such pictures as Poussin's Orion, since the Louvre is stripped of its triumphant spoils, and since he who collected it, and wore it as a rich jewel in his Iron Crown, the hunter of greatness and of glory, is himself a shade!

467) **Ein anderes.**
12 Blätter mit Köpfen aus Poussin'schen Compositionen. Mit Langlois Adresse. 8°.

468) **Leonardo da Vinci's Abhandlung von der Malerei.**
Traité de la Peinture de L. da Vinci. Donné au public et traduit d'Italien en Français par R. F. S. D. C. (Rol. Fréard Sr. de Chambray.) Mit Kupf. von R. Lochon nach Poussin's Zeichnungen. Paris 1651. Fol.
Spätere Ausgaben erschienen 1716, 1724, 1796, 1804, 1820. Von Poussin sind nur die Figuren, alles Uebrige ist von einem gewissen Alberti und die Landschaften hinter den Figuren sind von Errard.

Ausser den genannten Zeichnungsvorlagen und Studien findet sich noch eine Anzahl anderer ohne Werth und Bedeutung, die vollständig aufzuzählen kaum möglich ist und welche zum Verständniss des Meisters wenig oder nichts beitragen.